JUMP j BOOKS

鬼滅の刃《きめつのやいば》
しあわせの花

吾《ご》峠《とうげ》呼《こ》世《よ》晴《はる》
矢《や》島《じま》綾《あや》

人物紹介

竈《かま》門《ど》炭《たん》治《じ》郎《ろう》

妹を救い、家族の仇討ちを目指す、心優しい少年。鬼や相手の急所などの”匂い“を嗅ぎ分けることができる。

竈《かま》門《ど》禰《ね》豆《ず》子《こ》

炭治郎の妹。鬼に襲われ、鬼になってしまうが、他の鬼とは違い、人である炭治郎を守るよう動く。

あらすじ

時は大正――。

千年以上もの間、始まりの鬼・鬼舞辻無惨《きぶつじむざん》によって増やされ続けた鬼は、人々を喰らい、その幸せを脅かしてきた。

鬼舞辻という怪物を生み出してしまったことで呪われた産屋敷《うぶやしき》一族は、贖罪のため、すべての元凶である鬼舞辻を倒すことに心血を注ぐ。

後に鬼殺隊と称されるようになった彼ら――鬼狩りたちは、日輪刀と呼ばれる刃を手に、生身の体で鬼と対峙する。

人である彼らは、驚異的な回復力を持つ鬼とは違い、傷を負う。時に手を、時に足を失いながら……。

それでも、鬼に立ち向かう。すべては、人を守るために。

我妻《あがつま》善逸《ぜんいつ》

炭治郎の同期。
普段は臆病だが、眠ると
本来の力を発揮する。

嘴平《はしびら》伊之助《いのすけ》

炭治郎の同期。猪の
毛皮を被っており、
とても好戦的。

栗花落《つゆり》カナヲ

しのぶの“継子《つぐこ》”。
無口で、何事も自分一人で
決断することが苦手。

神崎《かんざき》アオイ

鬼殺隊《きさつたい》の隊士。蝶屋敷で
隊士の治療や訓練を
担当している。

胡蝶《こちょう》しのぶ

鬼殺隊の“柱”の一人。
薬学に精通しており、
鬼を殺す毒を作った剣士。

目次

鬼滅の刃《きめつのやいば》

しあわせの花

第1話
しあわせの花

凛《りん》としたうつくしさの黒引き振袖は、妹の白い肌に、さぞやよく映えるだろう。
豪華な金襴《きんらん》の帯に、苦労性の妹は『もったいない』と眉を寄せるかもしれない。
文金島田《ぶんきんしまだ》に結い上げた黒髪の下で、妹は涙を流すのだろうか……？
悲しみではない、喜びに満ちた涙を。

誰よりもやさしい俺の妹。
鬼となってさえ、人であった頃のぬくもりを捨てずにいてくれる、俺の妹。

願わくは、誰よりもお前を幸せにしてやりたい――。

✸

「――祝言《しゅうげん》、ですか？」

「はい……この度、めでたく村の娘が嫁ぐことになりまして」

ひさはそう言うと、元から細い目を糸のように細めた。

藤の花を模《かたど》った家紋は、鬼殺隊《きさつたい》であれば無償で尽くしてくれる証《あかし》だ。

この家紋を下げた家は、隊士たちによって鬼から救われた恩義を忘れず、こういった形で返してくれているのだという。

ゆえに、任務で傷ついた隊士は藤の花の家紋を目指す。

ひさの家もそういった家の一つであった。

炭治郎《たんじろう》、善逸《ぜんいつ》、伊之助《いのすけ》、そして禰豆子《ねずこ》の四人は、任務で負った傷を癒すべくここに逗留《とうりゅう》し始め——今日で丸十日になる。

もっとも、鬼である禰豆子は、日中〝霧雲杉《きりくもすぎ》〟で作られた箱の中で寝ている為、家人たちと顔を合わせているのは、もっぱら他の三人ではあるが……。

山の幸をふんだんに使った料理とふわふわの布団《ふとん》、やわらかな着物、心のこもったもてなしの数々に、三人仲良く折れた肋骨も、各々かなり良くなってきていた。

「ここから一番近い町の名主の家へまいります」

「それは、おめでとうございます」

炭治郎が心から祝いの言葉を述べる。

ひさはにっこり微笑《ほほえ》むと、よろしければ、と続けた。「鬼狩りのみなさまにも祝ってやってもらいたいのですが……」

「え？　俺たちがですか？」

「もちろん、みなさまのお身体《からだ》の具合がよろしければの話です……くれぐれもご無理はなさらないでくださいまし」

「いいえ、身体はもう大丈夫です。それより、それは俺たちが出てもよいものなのですか？」

炭治郎が遠慮すると、ひさがふるふると白い頭を振った。

ひさの話によれば、今夜は、こちらの村で心ばかりの祝言を挙げ、明日の昼に嫁入り道中を成して町へと下り、相手の家で大掛かりな式を挙げることになっているそうだ。

嫁に行く娘は大層うつくしく、明らかな器量望みではあるが、稀《まれ》に見る良縁なだけに、村の者たちも大いに沸き立っているという。

「鬼狩り様たちが祝福してくだされば……みなも喜びます」

「そういうことでしたら、喜んで。なあ？　善逸？　伊之助？」

炭治郎が肩ごしに振り返る。

それを聞いた善逸は、

「うん、もちろ――いや、もちろんでございます。祝言だったら鬼狩りと違って、怖いこともないだろうし、美味《おい》しいもの食べて、可愛い花嫁さんを拝むだけだし、一石二鳥――って……いくら可愛くても、禰豆子ちゃんほど可愛くはないだろうけどね？　いや、それはわかってますけど――あくまで、俺は禰豆子ちゃん一筋ですから――そこんところ間違えないでくださいな」

と揉み手をしながら応じ、

「祝言ってなんだ？」

一方、伊之助は両手につかんだ饅頭《まんじゅう》をむしゃむしゃ食べながら、炭治郎の脇腹に頭突きを繰り出してきた。

（痛い……）

炭治郎が両眉を下げる。

そして（善逸が）気持ち悪い。

今や――というか、ここ数日の間で――すっかり恒例となった光景である。

善逸は、禰豆子が炭治郎の妹だとわかるや否や、露骨に態度を変えた。やたらへコへコしだしたのだ。

伊之助の方は、この頭突きである。彼なりに他人と交流を持とうと思っているのだろうが、ことあるごとに繰り出される頭突きに、炭治郎は弱りきっていた。

これでは、炭治郎だけいつまでもたっても肋骨が完治しない。

そして（善逸が）気持ち悪い。

「善逸はどうして、そんな気持ち悪いしゃべり方をするんだ？　それに、花嫁さんに対して失礼な言い方は止《や》めろ。——それから、伊之助。祝言というのは、二人が結婚して夫婦になる為のお祝いのことだ。痛っ……伊之助、いい加減、頭突きは止めてくれ」

二人にやんわりと苦言を呈し、ひさに顔を戻すと、

「是非、お祝いさせていただきたいので、よろしくお願いします」

そう言って頭を下げる。

「こちらこそ、よろしくお頼み申します……」

ひさはそれこそ畳に額《ぬか》ずくほど頭を下げると、

「今夜は、我が家でもご馳走《ちそう》にいたしましょうね」

と口元をほころばせた。

「お若い方が好むものといえば、やはり、お肉でしょうけれど……生憎《あいにく》、ハイカラなお料理はとんと疎くて……」

「——いえ。もう十分、お世話になっていますから」

慌てて両手を振る炭治郎を押しのけ、

「アレだ!!」

と伊之助が叫ぶ。「いつものアレだ！　ババァ、アレを作れ‼　アレだぞ、アレ‼」

「こら！　伊之助‼」

「お前、アレしか言ってねえじゃねえか。ちゃんと、名前で言えよ」

炭治郎と善逸がそれぞれたしなめるも、ひさは納得したように「アレでございますね」

と肯《うなず》いてみせた。

「天ぷらでございますね？　衣のついた」

「おう！」

「はいはい……沢山揚げましょうね。お茶うけは足りていますか？」

「足りねえから、アレを持ってこい‼　いいか、アレだぞ⁉」

「はいはい。おかきですね。今、お持ちしますよ……」

ひさはおっとりと応じると、部屋を後にした。

年齢的なこともあるのだろうが、ひさの立ち居振舞いはとても静かで、ほとんど物音がしない。

この時も、すうっと音もなく襖《ふすま》が閉まった。

「……あの人もさ、よくアレでわかるよな。ほとんど、アレしか言ってないじゃん」

善逸が感心したようにも呆《あき》れたようにも見える眼差しを、ひさが消えた襖へと向ける。

「確かに――」と炭治郎も肯く。

当の伊之助は無心に饅頭を喰《く》らっている最中で、二人のつぶやきなど聞こえていない。

逗留し始めこそ、

『ふざけんじゃねえ!! 着物を着て家の中で暮らすなんざ、まるっきり拷問《ごうもん》じゃねえか! まっぴらごめんだ!! 俺を誰だと思ってんだ!? 山の王だぞ!』

と騒いでいた伊之助だったが、今では——相変わらず上半身裸ではあるものの——ここでの暮らしにだいぶ慣れ親しんでいるように見える。

少なくとも、拷問とは思っていなさそうだ。

おそらくは、主《あるじ》であるひさの存在が大きいのだろう。

この屋敷を訪れた当初から、ひさは伊之助を恐れなかった。

物々しい猪頭《いのししあたま》を恐れず、数々の奇怪な行動をものともせず、まるで実の孫か何かのようにかいがいしく伊之助の世話を焼く老女の姿を思い出し、炭治郎はあたたかい気持ちでいっぱいになった。

(ありがたいなぁ……)

としみじみ思う。

清潔な寝床やあたたかい湯殿、心のこもったもてなしもさることながら、一緒の風呂に入り、同じ釜の飯を食ったせいか——善逸の異様なおもねりや伊之助のどこでも頭突きはあるものの——三人の距離がぐっと縮まったような気がする。

何より、二人は鬼である禰豆子を厭《いと》うことなく、ありのまま受け容《い》れてくれる。

それがどれだけうれしいか。

そんなことを、炭治郎がほっこり考えていると、

「おまっ、なに、饅頭全部食ってんだよ!?　俺や炭治郎の分も入ってたんだぞ!?　このバカ猪!!」

「うるせえ、尻逸！　もたもたしてる方が悪いんだろうが!!」

「善逸だよ!!　尻逸って、誰だよ!?」

「黙れ小僧！　ここは俺のなわばりだ!!」

「あー、そーかい。ごめんなさいね。てか、なんだよ、縄張りって——ギャアアア！！！」

「弱味噌《よわみそ》が!!　俺に勝とうなんざ、百万年早えんだよ!!　グワハハハハハ！！！」

頬を殴られた善逸が、奇声と共に畳の上をのたうちまわった。伊之助の獣の雄たけびのような笑い声が室内に木霊《こだま》する。

（…………）

炭治郎は小さくため息を吐《つ》くと、

「――伊之助、善逸を殴っちゃだめだ」

と仲裁に入った。

善逸が伊之助に（もっともな）突っこみを入れ、伊之助に容赦なく殴られ、炭治郎が仲裁する――。

これもまた、彼らにとって、すっかり恒例の光景となりつつあった。

✵

「あー、花嫁さん、すごい綺麗《きれい》だったなぁ～」

「すげえご馳走だったな。げふっ」

花嫁の家から戻る道すがら――。

まったく異なる感想を述べる二人の隣で、炭治郎は初々しい花嫁の姿を思い出していた。

まだ稚《いとけな》い花嫁は、器量を望まれて名主の家に嫁ぐだけのことはあり、まさにまばゆいばかりにうつくしかった。

何より、はちきれんばかりの笑顔が、彼女の幸福さを物語っていた。

それこそ、飛翔《ひしょう》する鶴と大輪の花が描かれた黒引き振袖や、豪奢《ごうしゃ》な金襴の帯すらも霞《かす》んでしまうほどに……。

「――あの人」

「？　どうした？」

「いや、なんでもない」

炭治郎が軽く頭《かぶり》を振る。


もしかすると、禰豆子と同い年ぐらいかもしれない。


そんなことを思った瞬間、胸の奥がズキンとした。

（え……？　ズキン？）

小首を傾《かし》げた炭治郎が背中の木箱をそっと背負い直す。

すると、カリカリ……と爪の先で箱の内側を引《ひ》っ掻《か》く音が聞こえてきた。それに思わず、飛び上がりそうになる。

（!!）

てっきり、眠っているであろうと思っていた妹が起きていたことに、何故《なぜ》かひどくドキリとした。

「それにしても、あの女はなんであんなもん着てたんだ？」

伊之助が誰にともなく尋ねてきた。「あんな裾の長ぇ着物なんか着てたら、木にも登れねえし兎《うさぎ》も鳥も獲《と》れねえぞ」

猪頭を傾《かし》げ、心底不思議げだ。

そんな伊之助の素朴な問いに、

「あーあ、これだから田舎者《いなかもの》は嫌だよ」

と善逸がため息を吐く。

「山なんか、入んないからいーの。あの子はさ、これから大店《おおだな》の奥方様になるの。玉《たま》の輿《こし》だよ、玉の輿。わかる？　美人だからお金持ちの人んとこに嫁入りして、綺麗な着物着て、蝶《ちょう》よ花よと大事にされて暮らすの」

「大体、なんで、あんな暗い色にしたんだ？　黒い着物だと山ん中で蜂に狙われやすいって知らねえのか？　アイツら。祝い事なら、もっとパーッと明るい色にすりゃあいいじゃねえか。辛気臭えな」

「だから、山には入んないんだって。黒引きの振袖っていったら、白無垢《しろむく》と並んで花嫁さんの定番衣装だし、『貴方《あなた》以外の方の色には染まりません……』っていう、意思表示とかいうじゃない？　あー、俺も一度はそんなこと言われてみたいよ。出来れば、禰豆子ちゃんにさぁ……ウィッヒヒッ」

途中、気持ちの悪い裏声を挟んで、うっとりとつぶやく善逸に、

「何、言ってんだコイツ」

伊之助が真顔でつぶやく。

「気持ち悪い奴《やつ》だな……」

「お前にだけは言われたくないよ‼」

伊之助の暴言に善逸がカンカンになって怒る。

「なあ？　炭治郎⁉」

「――え？」同意を求められ、少し遅れて生返事をする。「ああ……どうだろう？」

妙に気がそぞろで、落ちつかなかった。

喉の奥の辺りに、こう……何かがつかえているような気がしてならない。

「どうしたんだよ、ぼーっとして」

案ずるような口調になった善逸が、羽織の袖口を引っ張ってくる。「なんかあった？」

「腹が減ったんだろ」

と伊之助。祝言で出された餅をもりもりと食べながら、

「祝言でもなんにも食べなかったじゃねえか。あんなに美味《うま》いもんが山ほどあったのに、バカな奴だぜ」

そう言うと餅の残りを一気に飲みこんだ。己の胸をドンと叩《たた》く。

「待ってな、仙二郎。今から戻って、飯の残りを持ってきてやるぜ！」

「⁉　いや、それには及ばない！」

ようやく我に返った炭治郎が、伊之助の暴走を慌てて止める。

祝いの場で、山賊のような真似《まね》はさせられない。折角の幸せな式が台無しだ。

「遠慮すんな。子分の世話を焼くのは親分のつとめだからな」

「遠慮じゃない。お腹も空いてない」

「食える時に食わねえと後悔すんぞ？　こんなデカイ肉の塊があったんだぞ⁉　山盛りの果物《くだもの》もだ‼」

「だから、本当にお腹は空《す》いていないんだ。伊之助」

そう言っても伊之助はなかなか納得せず、しまいには、頼むから戻らないでくれ、と頭を下げる羽目になった。

それでようやく（というか、渋々）わかってもらえたが、善逸はちょっと心配そうな顔になり、炭治郎の顔を覗《のぞ》きこんできた。

「どうしたんだ？　炭治郎。なんか、さっきから変だぞ？」

「！　変？　俺が？」

「うん。なんか、変な〝音〟がする」

「……――」

ドキリとした。

人並み外れて耳が良い善逸は、人の気持ちまでも〝音〟で聞き分ける。炭治郎の〝匂い〟と一緒だ。

その彼が炭治郎の〝音〟を変だと言う。

炭治郎が無言でうろたえていると、

「――わかってるよ」

みなまで言うなというように、善逸がいつになく真面目《まじめ》な顔でささやいてきた。

「禰豆子ちゃんのことだろう？」

「!!」

思わず、心臓が跳ねた。

咄嗟《とっさ》に言葉が出ない炭治郎を前に、善逸がうんうん、と肯く。

俺は何もかもわかっているぞという顔で、

「大方、禰豆子ちゃんが嫁ぐ日を想像して、しょんぼりしちゃったんだろ？」

「……え」

「でもな、炭治郎。それじゃダメだ。禰豆子ちゃんの為にも、禰豆子ちゃんが結婚したいって相手が現れたら、素直に祝福してあげるんだぞ？」

「…………」

善逸の指摘は、微妙にずれていた。

鬼である禰豆子が、彼の頭の中では、普通に結婚して普通に嫁に行くことになっている。
そもそも、善逸は禰豆子が鬼であることをほとんど気にかけていない節がある。
心の底からありがたいと思うところなのだろうが、何かが違う。
根本的に、こう、何かが決定的に違う気がする。
だが、その何かがわからない。
ゆえに喉に小骨が刺さったみたいに気持ち悪い。

——うん。なんか、変な〝音〟がする。

——禰豆子ちゃんのことだろう？

何気ない言葉に、どうして、あそこまでびくついたのだろう？
戸惑いながら、己の左胸にそっと手を当てる。そこはトクン……トクンと小さな鼓動を

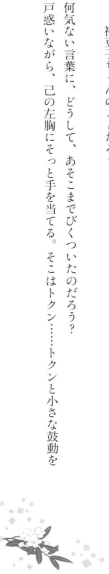

刻んでいた。そっと耳をすませてみる。

だが、炭治郎に善逸の言うような〝音〟は聞こえない。

（いや、当たり前だろう？　俺は善逸のように耳が良いわけじゃないんだから……）

一体、自分はどうなってしまったのかと、炭治郎が眉を寄せる。

そんな炭治郎を余所《よそ》に、善逸は禰豆子の嫁ぐ日を朗々と語り、伊之助は伊之助で先程の料理のどれが美味そうだったかを滔々《とうとう》と述べている。

炭治郎が自分の中のモヤモヤを持て余していると、

「コラ、あかり！」

という幼い声が聞こえた。


「ダメに決まってるでしょう？　もうじき暗くなるんだから、鬼に食べられちゃうわよ」

「でも、あかりもとよちゃんみたいに、町の大きなお家《うち》にお嫁に行きたいもん!!　働きたくないもん!!」

「ダメなもんはダメなの!!」

「ケチ!!　姉ちゃんのケチ!!　ケチケチババァ!!」

「なんですって!?　もういっぺん言ってごらんなさい!!」

見ると、道端で二人の少女がもめていた。

片方は十前後、もう片方の少女は七つぐらいだろうか？　眉間にしわを寄せ、頬をふくらませた顔が驚くほどそっくりだった。おそらくは姉妹だろう。

（とよさんみたいに……ってことは、さっきの花嫁さんのことだろうか？）

炭治郎が近づいていくと、幼い方が彼に気づき、さっと年上の少女の袖をつかんだ。

「どうしたんだ？　何を言い争ってたんだい？」

少女たちを怖がらせないように、その場にしゃがみこんで尋ねる。

年嵩《としかさ》の方の少女が、炭治郎を素早く一瞥《いちべつ》すると「鬼狩りの方ですか？」と逆に質問してきた。

「ひささんのところにお泊まりになられている」

「うん。俺は炭治郎。君たちは、姉妹なの？」

「はい。私が姉のあかねで、妹のあかりです」

姉が名乗ると、あかりは照れたのか姉の背中にすっぽりと隠れてしまった。そして、顔だけちょこんと出して炭治郎をチロッと見ると、またしゅっと隠れた。

子供らしいその仕草に、炭治郎の頬が思わずほころぶ。

（六太《ろくた》もこんな風だったな）

いや、茂《しげる》や花子《はなこ》、竹雄《たけお》や――そして、禰豆子にもこんな時があった。

炭治郎が在りし日をしんみりと思い出しつつ、

「とよさんっていうのは、今回、町へお嫁入りする人？」

と姉妹に尋ねる。

「はい」

「あのね。とよちゃん、ホオズキカズラを見つけたんだよ」

再び、姉の脇から顔を出すと、あかりが口を挟んできた。

「――ホオズキカズラ？」

炭治郎が小首を傾げる。山育ちの彼でも初めて聞く名前だった。

「それは、花か何かなの？」

「うん。花だよ」

あかりはこくりと肯くと、小さな指で近くに見える山の一つをさした。

「あの山に生えてるの。それを持ってると、たまのこにのれるんだって」

「たまのこ？　ああ、玉の輿のことか」

「だから、とよちゃんはお金持ちの家にお嫁に行けたんだよ」

少女が得意そうに言う横で、

「単なる言い伝えです」

あかねが両の眉尻を下げた。

「この村に昔からある言い伝えなんです。『新月の晩にだけ咲くその花を肌身離さず持っていると、愛する人と結婚して、誰よりも幸せになれる』と――。とよさんはとても良い縁に恵まれたから。きっと、ホオズキカズラを見つけたんだろうって、村の老人たちがそう話してるのを、この子が聞いてしまって……」

「なるほど」

得心した炭治郎がポンと片手を打つ。

「今日は新月だから――」

「……はい」

あかねが困ったものだというように肯く。

「これから取りに行くんだってきかなくて……幻の花だって言っているのに」

それでケンカになったというわけか。

他愛もない原因だが、もう夕方だ。直《じき》に暗くなれば、鬼が出始める。姉であるあかねの心配はもっともだった。

炭治郎が姉の背中にぺったりとはりついたあかりを覗きこむ。

「でも、夜の山は危ないよ？」

「あかりもう六歳だよ」

おかっぱ頭の少女は、いかにもきかんきな顔立ちでそう応えた。

炭治郎は内心、吹き出してしまったが、表向きは至極真面目な顔で少女を諭した。

「大人でも危ないんだ」

「鬼がいるから？」

「うん」

「ふーん……………鬼って怖いの？」

「うん。とっても怖いよ」

炭治郎がしかつめらしく肯いてみせると、あかりはしばらく考えていたが、

「わかった」

と、渋々納得した。「お山には行かない」

それを聞いたあかねがほっとしたように、

「ありがとうございます。お陰様で助かりました」

深々と頭を下げ、「——ほら、行くわよ」と妹の腕を引いた。

炭治郎が二人の背中を見送っていると、

「どうしたんだ？　炭治郎。今の子たち、なんだって？」

と、善逸がやってきた。後ろに伊之助の姿もある。

「何か聞かれたの？」

「ああ——」

炭治郎が今、聞いた話を二人へ伝えると、

「ケッ、くだらねえ。ただのガキの戯言《ざれごと》じゃねえか」

伊之助は針の先ほどの関心もなさそうだったが、対する善逸は、

「へえ〜、おもしろそうな花だなあ」

と興味深そうにつぶやいた。

「愛する人と結婚して、誰よりも幸せになれる——ってとこがいいよなあ。まあ、それで玉の輿ってのは、さすがに飛躍がすぎるけどさ」

「あくまで言い伝えだぞ？　善逸」

彼の結婚願望の強さを思い出した炭治郎が釘を刺す。

何せ、道端で初めて会ったばかりの少女に泣きながら求婚していたような男だ。

「幻の花だって、あかねちゃんが」

「そりゃそうだろうけど、女の子ってさ、そういう恋愛の絡んだ幻想的な言い伝えとかに弱いわけよ」

「！　そうなのか？」

「うん。おまじないとかも好きだろ？　花占いとかもさ。新月の夜にだけ咲く花ってのも、女の子がいかにも好きそうだし。——そういや、新月の晩の願い事は叶《かな》うって言うから、それに因《ちな》んでるのかもな……だとすれば、ひょっとするとひょっとするかもな。言い伝え

ってのも、まったくのデタラメじゃないことが多いし……」

本当にそういう花があるのかもしれないぞ、と善逸が訳知り顔で語る。

「よく知っているなあ。善逸は」

存外に鋭い見解を炭治郎が褒めると、

「おまっ！　褒めてもなにも出ねえぞ‼」

赤くなった善逸が「うふふっ」と気持ちの悪い照れ笑いをもらす。

よくよく考えれば、女の子との会話を弾ませるなど、下卑た目的でそういったことに詳しいのかもしれないが、炭治郎は素直に感心していた。

（そっか、女の子はそういうのが好きなのか）

ということは――。

（禰豆子も……？）

背中に当たる霧雲杉の固い感触に、炭治郎が両目を細める。

さっき見たばかりの、とよの愛らしい花嫁姿が禰豆子に重なる。


黒引き振袖姿の妹が微笑んでいる――。

うれしそうに。

とても幸せそうに。

その想像に、頭の中の霧がさーっと晴れていく。

（……そうだったのか……）

モヤモヤの原因にようやく気づいた。

「オイ、お前ら！　そんなことより、早くババァの家に帰んぞ！　ババァが衣のついたやつを揚げて待ってるからな!!」

盛大に腹の虫を鳴かせた伊之助が、炭治郎を急《せ》き立てる。なまじご馳走を思い出したせいで腹が減ったのだろう。

「ホラ、ぐずぐずすんな!!」

「てか、まだ食うの？　お前」

どんだけ食う気だよ、とげんなり顔の善逸が、立ち止まったままでいる炭治郎を振り返る。

「どうしたの？　行くよ？」

「………………」

「炭治郎？」

炭治郎はかすかに躊躇《ためら》った後で、

「ごめん。ちょっと用があるから、善逸と伊之助は先に帰っててくれ」

二人にそう言い残し、逸《はや》る心のまま、あかねとあかりの後を追った。

「あ……いた！　あそこだ」

別れてから少し経《た》っていたので追いつけるか心配だったが、相手は幼い少女の二人連れである。炭治郎の鼻の力もあって、すぐに追いついた。

夕焼けの中、小さな影が二つ、仲良く手を繋《つな》いでいる。

「あかねちゃん、あかりちゃん！　ちょっと待って――」

「？」

声をかけると、姉と妹がよく似た顔で振り向いた。

二人とも不思議そうな顔をしている。

「鬼狩りのお兄ちゃん？」

「どうかしましたか？」

「ホオズキカズラについて、もっと詳しく教えて欲しいんだ」

炭治郎が告げると、幼い姉妹はきょとんと見開いた目をそれぞれ瞬《しばたた》かせた……。

✵

——その晩。

「うふふ……え？　そう？　そんなこと……うふふっ……すーすー……え？　えへへへ……もう、禰豆子ちゃんったら…………ぐぅぐぅ……」

善逸が世にも幸せな夢を見ていると、布団から出ている肩を激しく揺さぶられた。

「……も～……うるさ……ふが……折角、今、いいとこなんだからさ……邪魔すんなよ……伊之助……ぐぅ……うふふ……そんなことないって…………ふごふご……禰豆子ちゃんは、ほんと可愛いなあ……ぐふふ」

「…………」

うっとうしい腕から逃れるように、ゴロンと寝返りを打つと、今度は額をペシペシ叩《たた》かれた。善逸が眠りながら眉間に皺《しわ》を寄せる。

「ん～……なに……？　今度は、炭治郎ォ？　今、俺、禰豆子ちゃんと愛を語らってるんだから少しは遠慮しろよ……すーすー……ねえ、禰豆子ちゃん……」

ペシペシペシ。

「俺さ、初めて会った時から禰豆子ちゃんのこと……うふっ……うふふ……そう……ほんとだって……くかー……ね？　俺たち結ばれる運命なんだよ…………ぐぅぐぅ……」

ペシペシペシペシペシペシペシペシ――。

「だー!!　もう！　うるさいって言ってんだろ⁉　さっきから、ペシペシペシペシ!!　なに⁉　一体、なんなの⁉　いやがらせ⁉　お前ら、俺になんの恨みがあ――」

しつこく叩き続ける相手に、ようやく目を開けた善逸がブチ切れる。

だが――。

「⁉」

暗闇の中で自分を覗きこんでいる相手が、伊之助でも炭治郎でもなく、箱から出てきた禰豆子だとわかった途端、すべての怒りは跡形もなく吹き飛んだ。

「ね、ね、禰豆子ちゃん？　ど……ど、ど、どうしたの？　こここんな夜更けに……」

文字通り飛び起きた善逸が、茹蛸《ゆでだこ》のような顔で狼狽《ろうばい》する。

「まさか、俺に会いに来たの⁉　なんてことはないよね……ア、アハハ……あ、もしかして伊之助の鼾《いびき》がうるさかった⁉　ハハハ……アイツ、ホントにすごいよね」

するると、禰豆子がふるふると頭を振った。艶《つや》やかな黒髪が揺れる。

「え？　ち、違う？　まさか、俺⁉　俺でした⁉　俺の鼾がうるさかったの⁉　もしかして、歯ぎしりとかしちゃってた⁉　ゴメンねえ⁉」

善逸が両手を無意味に動かしながら、わたわたと謝ると、禰豆子は再び頭を振り、焦《じ》れたように「うー……」と善逸の脇にある布団を指さした。

それに善逸が、両手の不自然な動きを止める。

「え？　なに、炭治郎がどうかした？」

布団を覗きこんだ善逸が、アラ、と片眉を上げる。

炭治郎が寝ていたはずの布団は、空だった。

因みに、反対側の布団では伊之助が鼻提灯《はなちょうちん》をふくらませ爆睡している。

禰豆子が不安そうに周囲を見まわす。

その仕草に、善逸があぁと納得する。炭治郎を探しているのだ。

おそらく、夜になって箱から出てきた禰豆子が、兄の姿が見えないことを案じ、善逸を揺すり起こしたのだろう。

（あー、禰豆子ちゃんてば、可愛いすぎるよ……ほんと、お兄ちゃんが大好きなんだなあ……ああ……妬ましいなぁ、炭治郎……でも、伊之助じゃなくて俺を頼ってくれたんだよ

なぁ……ああ、禰豆子ちゃん。大好きだよぉ）

胸の奥がキュンとなった善逸が、

「きっと、厠《かわや》にでも行ったんだよ。すぐに帰ってくるよ」

デレーッとした顔でそう宥《なだ》めるも、

「ヴーっヴーっ!!」

禰豆子は何故か、怒ったような顔でぶんぶんと頭を振った。


「うー！」

「？」


禰豆子の様子にただならぬものを感じた善逸が、炭治郎の布団をめくって、敷布団に触れてみる。

「え……」

冷たい。ひんやりとした感触に、善逸の顔から赤みが消える。

ついさっきまで、ここで人が眠っていたとは到底、思えない冷たさだった。

部屋を調べてみると、炭治郎の隊服と日輪刀《にちりんとう》が消え、代わりに今まで着ていた着物が綺麗に畳んで置いてあった。

「？　どこ、行ったんだよ？　炭治郎……⁉」

さすがに心配になった善逸が、庭に面した障子をガラリと開ける。

外は暗く、その分、星がうつくしく輝いていた。

「そっか……今日は新月なんだよな」

その時、ふと、昼間の出来事が頭を過《よぎ》った。

花嫁を見たあたりから、いつもと違った炭治郎の〝音〟――。

好きな人と結婚でき、誰よりも幸せになれるという、ホオズキカズラ。

禰豆子の名前を出した瞬間、炭治郎の心臓が跳ね上がるのがわかった。

用事があるからと、少女たちの後を追った炭治郎の背中にゆれる、木箱……。


善逸が禰豆子を振り返る。

「アイツ、まさか――」

炭治郎が此の世の何より――きっと自分自身よりも大切に想っている少女は、ぎゅっと眉を寄せ、兄の布団をにぎりしめていた。

目に映るのは、まさに満天の星だった。

「――う……うぅ…………」

炭治郎は、湿った土の上に倒れていた。
彼が落ちたと思《おぼ》しき崖は、思いの外、高かった。
偶々《たまたま》落ちた先がやわらかな腐葉土だったお陰で助かったが、しばらく気を失っていたようだ。

「…………っ……！」

身を起こそうとして、小さいうめき声をもらす。
身体《からだ》中が痛い。
特に肋骨は、もう少しで完治しかけていただけに――よしんば、また折れているなどということがあったら、あまりにも情けない。

献身的に看病してくれたひさにも、合わす顔がない。

（……まさか、崖から落ちるなんて）

己の鍛錬不足を恥じ入りながら、出来る限りそーっと起き上がる。鈍い痛みが依然あったが、どうやら折れていなさそうだった。

ほっとしたところで、木の枝がガサガサ音を立てた。

その奥から、彼が崖から落ちた原因が現れる。

それに、思わず炭治郎の顔がほころんだ。

「無事だったのか。よかった」

人間の大人程の大きさがある猪は、フガフガと鼻を鳴らすと、炭治郎をじーっとねめつけてきた。

「今度からは、気をつけるんだぞ？」

炭治郎が笑顔でそう言うと、猪はまたフガフガと鼻を鳴らした。


今から、数刻前――。

ホオズキカズラを探すべく、意気揚々と山に入ったはいいが、夜の山での花探しは思いの外、難航した。

幾ら山育ちとはいえ、ここは炭治郎が育った山ではない。

勝手のわからない山道を、本当に存在するのかもわからない花を探して歩くのは、思った以上に根気がいった。

何より、あかねとあかりには絵心がまったくと言っていいほどなく、彼女たちが一生懸命描いてくれた絵は、まるで役に立たなかったのである。——それでも、

『葉っぱは目にも鮮やかな緑色で、縁に大きめな鋸歯《のこぎりば》があるという話です』

『花びらの数は五枚って聞いたよ。こういう感じにふわっとなってるんだって。ホラ、見て？　こういう形。ううん、違う、違う。こうだって、こう。もう、下手だなあ』

『花の色は朱色がほとんどだそうです。偶《たま》に赤や白色のものもあるそうですが……他に特徴というと……ああ、そういえば、花びらの一つ一つが猪の目のような形をしていると聞いたことがあります。それがなんとも可憐だと。匂いですか？　匂いまでは……』

葉の形や、花びらの数、色合いなど——口頭で教えてもらったわずかな手がかりをもとに、地道に探し続ける炭治郎の元に、茂みの奥から一匹の猪が顔を覗かせた。

伊之助とよく似たその猪の息は荒く、全身から怒った匂いがした。

見ると、足の付け根にまだ新しい傷があった。かなり深い傷だ。それで気が立っているのだろう。

『怪我《けが》してるのか？　ほら、見せてごらん。大丈夫だから……ああ、ダメだ。そんなに動きまわったら、傷が……!!　危なっ――』

暴れる猪を宥めている内に、危うく猪が崖から落ちかけ、咄嗟に自分の身体で守ったのだ。


――そして、今に至る。


「よいっしょっと――これで、よし。これからは気をつけろよ？」

大人しくなった猪の傷口を簡単に手当てしてやった炭治郎が、にっこりと微笑みかける。

見れば見る程、伊之助とそっくりだった。

「じゃあ、俺はホオズキカズラを探さなくちゃいけないから、元気でな」

そう言って立ち去ろうとすると、猪が炭治郎の羽織の裾をあぐっと噛《か》んだ。

「わっ！　どうしたんだ？　お腹空いたのか？　でも、これは羽織だから食べちゃダメだ」

「ヴ――――ッ」

猪が低くうなりながら、炭治郎の羽織を引っ張る。

「え？　ついてこいって？」

「ヴ――――ッ!!」

「よし。わかった」

瞬時に猪と心を通わせた炭治郎が、こくりと肯く。

まかせろとばかりに猪が歩き始めたので、その背に従う。

だいぶ歩いたところで、鬱蒼《うっそう》とした茂みの奥に小さな洞窟が見えた。

「……――あ」

その洞窟の脇に、朱色の花が咲いていた。

それに、炭治郎は両目を見開く。

目にも鮮やかな緑色の葉。ふんわりと開いた五枚の花弁は、どれも猪の目のような形をしていた。

炭治郎の喉が小さく音を立てる。


「ホオズキ…カズラ……――？」

夜露に濡れた花弁はなんとも可憐で、まるで星を散りばめたようにキラキラと輝いていた。

一夜にして家族を奪われたあの時――。
禰豆子だけでも息があるとわかって、どれほどほっとしたか。
どれほどうれしく、どれほど救われたか。

もしかすると、禰豆子は不甲斐《ふがい》ない兄をひとりぼっちにしない為に、鬼と成ってまで、生き延びてくれたのかもしれない……。

そんなことをふと思った時、泣きだしたいくらいの愛《いと》しさと憐憫《れんびん》の情を妹に感じた。

幼い頃から辛抱ばっかりだった禰豆子。
悲しいくらいやさしい禰豆子。
もう、お前から何一つ、奪わせないと誓うよ。
もう誰にもお前を傷つけさせやしない。
兄ちゃんが、きっと、お前を幸せにしてやるから。

みんなにしてやれなかった分まで、全部お前に————。

「……アレ？　みんな……もう、起きてるのか？」


ひさの家に戻ると、炭治郎たちが寝起きしている部屋がひどく騒がしかった。

深夜だというのに灯《あか》りがともっており、廊下の先にまで話し声がもれている。

「だから、炭治郎のバカが花を探しに山に入っちゃったんだよ！　そう、夜の山だよ。鬼が出たら危ないだろ？　探しに行くから、お前もついてきてって、そう言ってんの。俺は」

「はあ？　なんで俺様がこんな夜更けに、紺治郎を探しに行かなきゃなんねえんだよ？　お前だけで行けばいいだろ？」

「夜の山なんて怖いじゃない!!　一人でなんて怖いじゃない!!」

「チッ……弱味噌が。大体、炭五郎のバカはなんで山になんか入ったんだよ？」

「だから、花を探しに行ったんだって言ってるじゃん!!　話、聞けよ！」

「花ぁ？　豚太郎のバカはどうして花なんざ取りに行ったんだよ？　女みてえな奴だな

「……」

「大方、ホオズキカズラの話を聞いて、禰豆子ちゃんにあげようと思ったんだろ。あのバカ炭治郎」

「なんだ？　ホオキカブラって。食い物か？」

「ホオズキカズラだよ！　昼間、村の女の子たちが話してたじゃん。伊之助も横で聞いてただろ？　むしゃむしゃむしゃむしゃ、餅喰いながらさあ。忘れたの？」

「餅は覚えてんぞ。美味かった」

「バカ！　伊之助のバカ!!　もうバカばっかりだよ!!」

「なんだと!?」

（ものすごいバカバカ言われている……それから、伊之助の名前の言い間違えがすごいな……）

ごくりと唾《つば》を飲みこんだ炭治郎が、おずおずと襖を開ける。「……ただいま」

――と、部屋の中では、伊之助が善逸を締め上げていた。

「!?　うわあ！！！　何やってるんだ！　止めろ、伊之助!!」

慌てて二人の間に割って入る。

「善逸を離せ、伊之助」

「うるせぇ、豚治郎!!　コイツが俺様をバカにしたんだ!!　ぶちのめしてやらなきゃ気が済まねぇ!!」

「隊員同士でやり合うのは御法度だって、いつも言ってるだろう⁉　今すぐ、手を離すんだ!!」

一喝し、どうにか二人を引き離す。

「ケッ」

「うぅ……たんじろぉ」

舌打ちする伊之助と、すがりついてくる善逸を宥めながら、

「――ところで、禰豆子は？　箱の中か？」

と尋ねると、炭治郎の布団の中から妹がもぞりと顔を出した。

「…………」

「なんだ。そんなところにいたのか」

炭治郎がぱっと顔を輝かせ、隊服の懐に大事にしまっておいた花をいそいそと取りだす。

花は少しばかり曲がっていたが、萎《しお》れてはいなかった。

輝くようにうつくしいそれを、右手で妹の胸元にそっと差しだす。

「これ、お土産《みやげ》だぞ。ホオズキカズラだ」

「…………」

「これを持っていれば、好きな相手と結婚できて、誰よりも幸せになれるんだ」

にこにこと炭治郎が告げる。

しかし、妹は幾ら待っても手を出してこなかった。

「？」

心なしか元気もない。

もしかすると、いきなりいなくなったことで、いらぬ心配をかけたのかもしれない。だとしたら、可哀想なことをしてしまった。

炭治郎がその声音を一際、やさしくする。

「心配かけてごめん。花、綺麗だろ？」

「…………」

禰豆子は花を見つめると、炭治郎の手からそれを受け取り、自分の髪につけてみせた。

炭治郎から笑みが零《こぼ》れるのを見ると、同じく顔を綻ばせた。

そして、自分の髪から花をとり、今度は炭治郎の頭につけた。

「……ん？　いや、禰豆子、違う違う。俺はいらないんだ。お前が――……」

炭治郎がそう言うと、禰豆子から笑顔が消え、その眉は八の字に下がってしまった。

（あ……――）

ひどく悲しげにも見えるその目は、昔、どこかで見たような気がした。

妹が兄を見つめている。
責めるような。
どこか、憐れむような〝匂い〟がした――。
「…………ゴメン……」
どうすることも出来ず、その目を見返している内に、不意に昔のことを思い出した。
『謝らないで。お兄ちゃん。どうしていつも謝るの？』
炭治郎はハッと息を飲んだ。
どういった状況だったかは忘れたが、あの時、妹は珍しく怒っていた。
滅多に見せぬような険しい顔で、兄を見据えていた。
あれは、そう――寒い日だった。
体の芯まで凍りつくような冷たい雪が降っていた。
確か、父が死んですぐのことだ。

『貧しかったら不幸なの？　綺麗な着物が着れなかったら、可哀想なの？』

妹はそう言って、兄を真《ま》っ直《す》ぐにねめつけてきた。怒り、苛立《いらだ》つ以上に、悲しい〝匂い〟がした。

『精一杯頑張っても駄目だったんだから、仕方ないじゃない。人間なんだから、誰でも……なんでも思い通りにはいかないわ』

記憶の中の禰豆子が今の禰豆子と重なる——。

妹の深い悲しみを湛《たた》えた瞳に、胸が軋《きし》む。

違う。

違うんだ、禰豆子。

（俺は、ただ……お前に幸せになってほしくて……それで——）

『幸せかどうかは自分で決める。大切なのは〝今〟なんだよ』

「!!」

かつて妹に言われた言葉が、耳元で蘇《よみがえ》る――その瞬間、頭を思いっきりぶん殴られたような気がした。

そうだ――。

家が貧しいことを、綺麗な着物を着せてやれないことを、毎日毎日働いてばかりのことを、大好きな父親が死んでしまったことを、弟や妹の為に辛抱ばかりさせていることを謝り続ける兄に、妹はそう言ったんだ。

もう、謝らないで、と。

『お兄ちゃんならわかってよ。私の気持ちをわかってよ』

（ああ――――）

同じ気持ちなんだ。

禰豆子も自分と。

なんとしても、禰豆子を人に戻してやりたい。

出来れば、年頃の娘らしい華やいだ日々を過ごさせてやりたい。

願わくは、好きな男性と添わせてやりたい。


誰よりも、幸せになってほしい……。


そう思わぬ日はない。

だけど、それは禰豆子も同じ気持ちなんだ。

炭治郎が妹を思うように、禰豆子も兄を思っている。

だから、幸せになれる花を炭治郎にも与えてくれたのだ。

今、生きていて、これからの未来がある禰豆子は、不幸な娘ではない。

家族を惨殺され鬼となり、未《いま》だ辛《つら》く苦しい状況ではあるが、お館様に鬼殺隊として認められ、大切に思ってくれる仲間がいて、鬼であることすら気に留めず、愛情を向けてくれる男がいる。


そんな妹の幸せな未来の為に、自分は戦っているのだ――。

炭治郎が妹の身体を引き寄せ、そっと抱きしめる。

「ありがとう。禰豆子……」

禰豆子の方でも兄にぎゅっとしがみついてきた。

その確かな重みとぬくもりに、炭治郎の両目から思わず涙が零れ落ちる。

しばらくの間、炭治郎が無言で妹を抱きしめていると、

「なあ――」

と、伊之助がさも不思議そうに尋ねてきた。

「どうして泣いてんだ？　どっか痛いのか？」

すると、もらい泣きしていた善逸が、

「伊之助」

と小声でたしなめた。

「お前、空気読めないのかよ？　読めないなら、せめて、黙ってろよ」

「で？　総一郎はなんで山になんざ登ってたんだ？」

「おまっ……さっきの俺の話、聞いてなかったの？　ホオズキカズラを取ってくる為に、登ったんだろうが」

ホレ、それだよ――と、善逸が炭治郎の髪にささったままの花を指さす。

物憂げに花を一瞥《いちべつ》した伊之助が、

「でも、それ、ホオキカブラなんていう名前じゃねえぜ」

と言った。

そのあまりにあっけらかんとした言い方に、

「「…………えっ…………？」」

思わず、炭治郎と善逸の声がぴったりと合わさった……。


「…………なんか、昨日は色々、残念だったな」

翌朝、炭治郎が縁台でぼんやり日の光を浴びていると、善逸がおずおずと声をかけてきた。

庭の中央では、伊之助が「猪突猛進《ちょとつもうしん》!!」と叫びながら、猛烈な走りこみをやっている。

炭治郎の側《そば》には、禰豆子の入っている木箱があった。

結局、昨夜、炭治郎が取ってきた花は『ホオズキカズラ』ではなく『イノメモドキ』という花だった。

花びらの部分がひどく甘い為、大抵、食い荒らされてしまうが、何故か猪だけはそれを食べず、その為に、猪のねぐらの側には、結構、咲いているのだという。

つまり、昨夜の猪は炭治郎と心が通じ合ったわけではなく、命を救われ、傷を治してもらった礼にねぐらへ招待したつもりだったのだろう。

因みに、新月の晩だけでなく、満月の晩も咲けば、朝や昼も普通に咲くそうだ。

「俺が女の子が喜ぶとか、本当にあるのかもとか、色々、言っちゃったせいだろ？　なんか、悪かったな」

「――いや、俺が勝手にやったことだ。善逸はちっとも悪くないよ」

炭治郎が笑顔で頭《かぶり》を振る。

「昨日、善逸に俺の〝音〟が変だって言われただろう？」

「え？　あ、ああ……言ったけど？」

「俺自身、あの時には、よくわからなかったんだけど、幸せそうなとよさんを――綺麗な花嫁さんを見て、陽の光も浴びられない禰豆子が、不憫《ふびん》でならなかったんだと思う……」

綺麗な着物を着せてやれないことも。

陽の光の下で暮らさせてやれないことも。

血なまぐさい戦いに巻きこみ、傷つけ、年頃の娘らしい喜びを何一つ与えてやれないことも――。


そのすべてが申し訳なくて、居たたまれなくて、どうしていいかわからなかった。


「だけど、禰豆子は――……」

「…………」


禰豆子は己を不幸だと、哀れむような娘ではない。

人であった頃と同じように、懸命に〝今〟を生きようとしている。

何より、禰豆子の〝幸せ〟は禰豆子自身が決めることだ。

それは、愛する人と結婚し、添い遂げることかもしれないし、違うかもしれない。

どちらにせよ、兄である自分が押しつけるものでは決してない。

なのに、妹の〝今〟を不幸だと決めつけて、憐れんで、〝幸せ〟を押しつけようとした……。

「俺がやるべきことは、鬼舞辻無惨《きぶつじむざん》を倒して、一刻も早く、禰豆子を人に戻してやることだ。家族の仇《かたき》を討つことだ」

「炭治郎……」

炭治郎が真っ直ぐに前を向いて告げると、ぐすんと鼻を鳴らした善逸が、

「――――俺も頑張るよ」

とつぶやいた。

「すごい怖いけど……はっきり言って、まったく役に立たないし、弱いし、すぐに死んじゃうと思うけど……期待とかさ、全然しないでもらいたいんだけど……俺も出来る範囲で、いっぱい頑張るからさあ」

「善逸……」

「ほんと、期待とかまったくしないでもらいたいんだけど」

二度言うくらい、自信がないのだろう。

それでも、彼のやさしい気持ちがうれしかった。

「オラ!!　お前らも血へド吐くまで、走りこみすんぞ!!」

湿っぽい雰囲気を吹き飛ばすように、伊之助が庭中どころか村中に響きわたるような声

で叫ぶ。

「子分その三を人間に戻す為に、鬼の親玉を倒すんだろ⁉　だったら、強くなるしかねぇだろうが‼　いつまでも、ぐだぐだ言ってんじゃねぇ！　このアホ治郎が‼」

「なんだよ、子分のその三って⁉　禰豆子ちゃんに向かって――」

憤慨する善逸の横で、炭治郎が笑う。

「伊之助の言う通りだな」

伊之助の真っ直ぐさが、迷いのなさがまぶしかった。「……強く、ならなきゃ」

「だろ⁉」

「何、言ってんだよ、炭治郎。また肋骨、折れちゃうぞ？　折角、元に戻りかけてんのに。てか、なんで休みに来て、血ヘド吐かなきゃなんねぇんだよ？　根本《こんぽん》から間違ってんだろ⁉」

「オラ、子分ども‼　伊之助様に続けぇ！！！」

善逸の呆れ声を伊之助の猛々《たけだけ》しい声が掻き消す。

すると、風に乗って、

「花嫁行列が通るぞー」

村の若者の胴間声が聞こえてきた。
そっと目を瞑《つむ》ると、
とよの初々しい花嫁姿が、
ひさのやさしい笑顔が、
目を輝かせ、頬を紅潮させてそれを見守るあかねとあかりの姿が、
見えた気がした。
「……――」
片手で傍らの木箱を撫《な》でると、応えるかのように箱の内側から音がした。小さな、けれどとてもやさしい音だった。
それに微笑みながら、抜けるように青い空を見上げる。

まさに、雲一つない晴天だった。

第2話

誰《た》が為《ため》に

「禰豆子《ねずこ》ちゃん、そこ、足元気をつけて」

「…………」

足元が少しだけ段になっている。善逸《ぜんいつ》が手を差しだすと、禰豆子がそれをぎゅっと握ってくれた。

(うわっ、なんて、やわらかい手なんだ……俺、今、禰豆子ちゃんと手えつないでる‼ 手えつないでるぅ！！！ ヤッホー！！！！！)

しっとりとした肌の感触に、善逸は鼻の下をでれーっと伸ばしながら、こみ上げる幸せを嚙《か》みしめた。

昼間は全集中《ぜんしゅうちゅう》・常中《じょうちゅう》の厳しい特訓を受けている彼にとって、こうして月が出た頃にほんの一刻《いっとき》、禰豆子と出かける夜のお散歩は、何よりも幸福な時間だった。

禰豆子の兄である炭治郎《たんじろう》にも、屋敷の主《あるじ》であるしのぶにもちゃんと許可をとっているから、大手を振って出かけられる。

この時ばかりは、この世のすべてが輝いて見えた。

夜空に浮かぶ三日月すらも、自分たちを祝福しているかのようだ。

「もうすぐ、お花が沢山咲いてる所に着くからね？　疲れてない？　あ、白詰草《シロツメクサ》もいっぱいあるから、それで花の輪っかを作ってあげるねぇ」

善逸が頬を上気させながら言う。

禰豆子は口枷《くちかせ》をした顔で善逸を見上げると、形の良い顎《あご》を手前に引き、こくりと肯《うなず》いた。

その愛らしさに、善逸は『ああ……生きててよかった』『あのまま蜘蛛《くも》にならずにすんで、本当によかった‼』としみじみ思った。

「ほら、禰豆子ちゃん、ここ！　ここだよ！」「‼」

蝶屋敷から然程《さほど》離れていない野原に辿《たど》りつくと、禰豆子の顔がぱっと華やいだ。

沢山の花が咲き誇る原っぱは、男の善逸でもうっとりするほどだ。年頃の少女である禰豆子ならば、尚更だろう。

淡い月灯りの下、うれしそうに周囲を見まわす禰豆子に頬をゆるめつつ、善逸は約束の白詰草を摘んだ。出来るだけ沢山摘んで、いっぱい花の冠《かんむり》作ってあげよう。

（昔から、これだけは上手かったんだよなぁ……俺）

禰豆子の艶《つや》やかな黒髪には、さぞや花冠が似合うだろう。

（一個は白詰草だけにして、あとのには他の花も入れてあげようかな。そしたら色が華やかになるしさぁ）

そんなことを考え、

「ねえ、禰豆子ちゃん。禰豆子ちゃんはどの花が一番――」

声をかけようとして、ふと止める。

「……――」

白詰草の片隅にひっそりと咲く黄色い花を見たその瞬間、善逸の中で風化していたはずの記憶が、唐突によみがえった。

（あの花は…………）

まだ、炭治郎や伊之助《いのすけ》と出会う前――。

彼が元柱の下で、修業していた頃のことだ。

✵

「よし…………なんとか、じいちゃんから逃げきれたぞ」

大樹に身を隠し、あたりを警戒しながら、善逸は安堵《あんど》のため息を吐《つ》いた。「じいちゃん怒ってるだろうなぁ〜」

ちょっぴり後ろめたいが、あれ以上はムリだ。

冗談ではなく死んでしまう。

彼の〝育手《そだて》〟である猛烈元気な老師範・桑島《くわじま》慈悟郎《じごろう》は、

『死にはせんこの程度で!!』

が口癖だが、今度こそ本当に死んでしまうかもしれない。

雷に打たれて髪が金色になるぐらいじゃすまないかもしれない。

（ゴメンよ。じいちゃん……でも、俺はしょせんこの程度の奴なんだよ……俺のことはもう忘れ――――ないでほしいけども……偶《たま》には思い出してくれたりするとうれしいんだけども――ほんとにゴメンよ……じいちゃんのことはさ、大好きだったんだよ……でも、もう限界なんだよ）

善逸は胸の中で師範に謝罪すると、日が完全に暮れる前に山を下りようと、先を急いだ。

すでに日が暮れかかっている。

とりあえず、町に下りたら、まず美味《おい》しい饅頭《まんじゅう》を食べよう。

それから、心ゆくまで、道行く女の子を堪能《たんのう》しよう。

深夜にこっそり修業したりすることもなく、久々にゆっくり眠れるのだ。

活動寫眞《しゃしん》を見るのもいいかもしれない。

そんなことを考えながら、足取りも軽く下山した善逸であったが、山の麓《ふもと》近くまで下りたところで、その足を止めた。

誰よりも鋭い彼の耳が、女の子の悲痛な泣き声を捉えたのだ。

「大変だ！　女の子が泣いてる‼」

キリッと別人のように凜々《りり》しい表情になった善逸が、木々をかき分け、川を飛び越え、崖を駆け下りて、泣き声の元へと駆けつける。

真っ白な着物を着た少女が、草むらにうずくまるようにして泣いていた。

「ちょっ……大丈夫⁉　気分でも悪いの⁉」

「……ひっ……」

善逸が声をかけると、少女はびくっと肩を震わせた。

さも、おそるおそるといった感じで振り向き、善逸の姿を見ると、ほっとしたように肩を落とし、再び泣き始めた。

「…………うっう、う…………」

「ご、ごめんね⁉　驚かせちゃったよね⁉　ねえ、君、ほんと大丈夫⁉　どこが悪いの⁉」

善逸が懸命に聞くと、ようやく少女が顔を上げた。

図《はか》らずも、目と目が合う――。

鳥の羽根のように長い睫《まつげ》が涙でしっとりと濡れている。まさに、花も恥じらうほど可憐《かれん》な少女だった。

（はうあ……っ!!）

善逸は心臓を射抜かれたような気がして、左胸を押さえた。

もちろん、恋の矢にである。

親もなく、家族のぬくもりを知らずに生きてきたせいだろうか――？　恋愛や結婚というものに人一倍憧れる彼は、恐ろしく惚《ほ》れやすかった。

この時もすでに、目の前で涙する少女を愛していた。

どうにかその涙を止めたいとおたおたする。

「あ、あのさ…………も、もしよかったらどうして泣いてるのか、俺に教えてくれない？　なんか、力になれるかもしれないし……!!」

「…………」

「俺、我妻《あがつま》善逸。この山のずっと上の方で、〝育手〟のじいちゃんに剣術を習ってたんだ」

「剣……術？」

素性がわからないと不安だろうと、善逸が己のことを説明すると、少女の〝音〟がかすかに変化した。

それは、何かを期待するような音だった。

絶望しかなかったところに、かすかな希望を見出した時の音だ。

善逸は彼女にとって自分がその希望になれたことが、うれしくて声を弾ませた。

「ね？　話してみるだけでも、話してみて⁉」

俄然《がぜん》、勢いこんで尋ねると、少女はようやく泣くのを止《や》め、

「——私は、小百合《さゆり》と申します」


震える声でそう名乗った。

「この先にある藤の花に守られた小さな村に母と義父《ちち》、それから義姉《あね》二人と暮らしております」

「そうなんだ。小百合ちゃんっていうのかぁ。可愛い名前だねえ。——で？　今日はなんで山になんか登ってきたの？　しかも、そんな歩きにくそうな着物で……」

少女の名を知れたことがうれしく、善逸が両腕をくねくねさせながら尋ねると、少女が悲しげに眉を下げた。

「実は、数日前の晩、義父がこの山で鬼に遭い……辛《から》くも難を逃れたのですが、その時に、自分の代わりに娘を捧《ささ》げると、約束してしまったのです……」

「ええっ⁉　鬼に⁉　小百合ちゃんを⁉　なにそれ⁉　ひどくない⁉　ひどすぎない⁉」

「仕方がないのです…………義父がいなければ、母も義姉たちも生きてはいけませんから」

「…………」

目を伏せた拍子に、睫の先に残った涙が頬を零《こぼ》れ落ちる。

頭の後ろで高く一つに結われた黒髪が、たとえようもなくうつくしかった。

そのあまりの可憐さに、善逸は後先も考えず「——俺が！」と叫んでしまったのだった……。

✵

『俺が小百合ちゃんの代わりに鬼のところに行って、ちゃちゃっと退治してくるよ！　だから、小百合ちゃんは麓で待ってて‼』

ついそんな言葉を口にしてしまったことを、暗い山道を歩きながら、善逸は早くも後悔していた。

　小百合の身代わりになる為に取り換えた着物は、ズルズルと無駄に裾が長く、すぐに転びそうになるし、背中に刀を隠しているせいで大層動きにくい。

　何より、鬼と対峙《たいじ》するのが怖くて仕方なかった。


（いや、絶対ムリだよね？）

（鬼を一人で退治するなんてさ）

（ちゃちゃってなんだよ!?　ちゃちゃちゃって!!）

（そんなこと、この俺が出来るわけないだろうよ）

（今からでも、じいちゃんに頭下げて、一緒に行ってもらおうかな……）

（でも、そんな時間ないし……）

（あー死ぬよ……俺、絶対、死んじゃうよ）


　善逸の理性はしきりにそうわめいている。

　みっともなく号泣し、今すぐにでも逃げたいと思っている。

　でも、その一方で、あの愛らしい少女の涙を止められるのは自分だけなのだ、ともわかっていた。

（小百合ちゃん……すげえ、よろこんでたよなあ）

善逸が鬼をやっつけてやると言った時、小百合ははらはらと涙を流し、泣き崩れた。

希望や喜びといった明るい音が大きくなる一方で、申し訳なさと、すまなさ……それから戸惑いの音が確かに混じっていた。

おそらくは、見ず知らずの善逸に危ない目を押しつけることに、良心の呵責《かしゃく》を感じていたのだろう。

ひどく複雑で、痛々しい音だった。

（やさしい子だよなぁ）

別れ際、どうぞご無事で、と涙ながらに両手を握りしめてくれた小百合の――震える音を思い出す。

生《な》さぬ仲である自分を真っ先に犠牲にした義父のことも、それを止めようとしない実母のことも一度も責めていなかった。

そういう彼女だからこそ、なんとかしてやりたいと切に思う。

だが、少女への思慕や漢気《おとこぎ》をもってしても、鬼への恐怖は如何《いかん》ともしがたかった。義父に鬼が指定してきたという場所へ向かいながら、善逸は何度も逃げ出そうとし、その度になんとか踏みとどまった。

夜空にはほっそりとした三日月が上っている。

木々の裂け目からそれを見上げ、

（どうか小さい、弱そうな鬼でありますよーに!!）
そう祈っていると――。

――――鬼の音がした。


「ヒイッ……――」

思わず唇からもれそうになった悲鳴を両手で抑えこむ。

うつくしい少女が来るのを、そのやわらかな肉体を喰《く》らうのを舌なめずりしながら待っている音がする。貪婪《どんらん》で残忍な音だ。

「…………」

ガチガチと震えながら立ち止まる。

これ以上はとても進めない。どんなに頑張っても、もう一歩も進めない。

暗い山の中、善逸が息を殺して立ち尽くしていると、茂みの奥から巨大な鬼が出てきた。

一見して異形の者とわかるその鬼は、背中から巨大な腕が生え、合計三本の腕がそれぞれ巨大な鎌を握りしめていた。大きな口が耳元まで裂けている。その上に残忍そうな小さな眼が六つ、ギラギラと闇夜に光っている。

（ヤバイ……これ、死んだよ。俺。小百合ちゃん……ゴメン）

それこそ、雲を突くようなその巨体と造形のおぞましさに、善逸の歯の根が合わなくなる。

はぁはぁはぁっはぁはぁはぁはぁはぁっはぁはぁはぁはぁっはぁっはぁっはぁはぁ――と乙女《おとめ》にあるまじき荒い息をもらしていると、

「お前が、ジジイの末の娘か？」

鬼がしゃがれた声で問うてきた。

危うく、心臓が口からまろび出るところだった。それをなんとか堪えた善逸が、かろうじて、

「は……はははははいっ」

と答える。語尾が不自然に上がるのを止められない。「ぜ、ぜ、善子と申します」

鬼は善逸を一瞥《いちべつ》すると、

「あのジジイ、自分が助かりたくて嘘《うそ》を吐《つ》きやがったな。この不細工な娘のどこが村一番の器量よしだ」

忌々しげに舌打ちした。

小百合の身代わりになる為に、無理やり髪を縛り、赤い花びらを潰した汁で紅を差したりしてはみたものの、あくまで男が化けた娘である。

若くうつくしい娘の肉を好んで喰らう鬼は少なくないというから、この鬼もそういった性癖の持ち主なのだろう。期待外れの失望と苛立《いらだ》ちがひしひしと伝わってくる。

善逸が恐ろしさに震えていると、

「まあ、いい。とにかく、お前をバラシて食べた後、忌まわしい藤の花の枯れる季節になったら、他の二人の娘と女房も、奴の目の前で喰ろうてやろう……俺様をコケにした罰だ」

鬼はしたたる涎《よだれ》を拭いながら、いたぶるように告げた。

残忍な悦《よろこ》びに満ちた音が聞こえる。

一寸《いっすん》のぬくもりも感じさせない冷たい、血に飢えた音だ。

鬼が舐《ねぶ》るようにつぶやく。

「まずは、この鎌の先で目玉を繰《えぐ》り出してやろう。その次は、舌だ。次は――」

「ヒギャッ………――」

善逸は恐怖のあまり、遂《つい》にその思考を手放した。

頭の奥で、プツンと何かの糸が切れる音が聞こえ、そのまま、真っ暗な闇に呑《の》まれた……。


「んがっ⁉」

何かが落ちる衝撃音で目が覚めた善逸は、さっと周囲を見やった。そこで、自分の足元に転がっている鬼の頸《くび》に気づき、

「ギャ────────ッ！！！！！！！！！」

夜の山に響きわたる大絶叫を上げた。

その場から飛び退く時に鬼の頸を蹴っ飛ばしてしまったらしく、ゴロリと嫌な音を立てて頸が転がった。その拍子に傷口に残っていた血が飛び散る。

「ヒャ────────ッ！！！！！　いやあああああああ！！！！！」

鬼の六つの目は、信じられないものを見たように見開かれ、血走っていた。切り口はまるで鋭い刃で一刀両断に付《ふ》されたように綺麗《きれい》な平らだった。

鬼の頸がまるで大根かなにかのように切れている。

「なになになに⁉　なんで死んでるの⁉　急になに⁉　もうやだ！！！！　やだもう！！！！！」

善逸が号泣する。

「どうしていきなり頸が切れてるわけ⁉　なんで⁉　怖すぎるよ‼　やだこれ⁉　なにこれ⁉」

わからないことだらけだった。

鬼がいきなり頸と胴体に分かれて転がっていることも。

背中に隠していた刀を何故《なぜ》か握っていることも。

真っ白な着物が鬼の血飛沫《ちしぶき》で汚れていることも。

「誰が助けてくれたの⁉　ねえ、どこ⁉　俺なんかのこと、誰が助けてくれたんだよお⁉」

泣きながら周囲を見まわすが、人っ子一人いない。

そこで、

（はっ‼）

となる。

こんな自分を助けてくれる人間など、この世にたった一人しかいないではないか。

「じいちゃぁん……」

善逸の目に新たな涙があふれだす。

おそらくは、自分を連れ戻しにきた慈悟郎が鬼から救い出し、かつ事情を察して姿を消してくれたのだろう。

ありがたさとすまなさで、胸がいっぱいになる。

「じいちゃん……ありがとう…………俺、小百合ちゃんと、絶対、幸せになるから……今までほんとにありがとう……こんな俺を助けてくれて、ほんと……ありがとう。身体《からだ》、大事にしてね」

善逸は泣きながら刀を鞘《さや》に戻すと、暗い木々に向かって深く一礼し、未練を断ち切るようにその場から離れた。

――善逸の姿が見えなくなると、茂みの奥で杖をついた人影がガサリと動いた。

「……――あの馬鹿弟子めが」

とつぶやく声はひどく湿っていた。「お前には誰にも負けぬ才能があると言っているだろうに、何故、わかろうとせんのじゃ――」

✵

小百合ちゃんが待ってる。

この先で、小百合ちゃんが待ってるんだ！

麓に着くまでの間に摘んだ黄色い百合の花を手に、善逸は夢見心地だった。

『ありがとう……善逸さん。好きよ』

小百合の喜ぶ顔が脳裏に浮かび、照れくささのあまり、ぐふふふっ、と不気味な笑いがもれる。

山道の先に善逸の着物を纏《まと》った人影が見えた。

「あ！　小百合ちゃ――……」

大きく手を振ろうとして、既《すん》の所でそれを止める。

小百合は一人ではなかった。となりに、いかにも純朴そうな青年が佇《たたず》み、同じように不安げにこちらを見ている。

「善逸さん…………」

「…………」

小百合の両目に涙が盛り上がる。

その時、善逸はすべてを理解した。

小百合は善逸が自分に同情ややさしさ以上の好意を持ち、身代わりを買って出たことを察していた。でも、彼女には愛する恋人がいた。

だからこそ、あれほど複雑で痛々しい音が聞こえたのだろう。

小百合は何も好きこのんで善逸を騙《だま》したわけではない。

言わなかっただけだ。生き延びたいから、死にたくないから、藁《わら》にもすがる思いで、沈黙した。

善逸に、惚れた男と逃げる金を貢がせた娘とは違う。

音だってちゃんと届いていた。

それを、善逸が自分にとって都合のいいように解釈しただけだ。

今も、ごめんなさい、ごめんなさい、と音が言っている。

切ないくらいに――。

（…………小百合ちゃんは、悪くねえよ）

善逸は高揚していた胸の奥がひんやりとしていくのを感じながら、それでも少女に向かってにっこりと微笑《ほほえ》んでみせた。胸の奥がズキンと痛んだ。

「鬼は死んだから、もう心配ないよ」

「あ……ありがとうございます…………ありがとうございます」

「本当にありがとうございます……!!」

男の方も、それこそ土下座せんばかりに礼を言った。

「このご恩は決して忘れません……!!　あんなひどい義父のいる家からは、俺が連れだします!!　本当にありがとうございました!!　鬼狩り様!!」

（うるせぇよ……！　俺は別に、お前の為に頑張ったわけじゃねぇっつーの!!　小百合ちゃんの為に頑張ったんだよ!!　まあ、実際に鬼を倒したのはじいちゃんだけどね!?　チクショウ!!　なまじ男前じゃなくて、極普通の良い人そうなのが逆に悔しいんじゃ、ボケェ!!）

善逸が内心で血の涙を流しながらも、百合の花をさっと後ろ手に隠した。

「善逸さん………私、あの……ごめんなさい……」

「………」

「ほんと………ごめんなさ…い」

ボロボロと涙が零れ落ちる。

己を責め苛《せ　さいな》むような小百合の音が、切なかった。

「小百合ちゃん。幸せに……」

「…………──はい」

小百合が泣きながら、何度も何度も頭を下げた。

やがて、二人寄り添うように村へと戻っていった。

その後ろ姿を善逸が笑顔で見送る。

「………う、うっ」

一人になると、涙がどっとわき上がってきた。

滲《にじ》んだ視界で、ぼんやりと、小百合にわたそうと摘んできた花を見つめる。

黄色い百合の花。

花言葉は確か――。


『陽気』と『偽《いつわ》り』


（……っ‼）

胸が痛くなって、山道に投げ捨てようとし……思いとどまる。

月灯りの下で懸命に涙を堪えていると、となりに人の気配がした。

いつの間にか慈悟郎が立っている。

厳しくて、怖くて、でも、やさしい音がした。

善逸がおそるおそる口を開く。

「…………あの…………じいちゃん、俺……」

「馬鹿者が！！！」

一喝され、すくみ上る。

「あれほど言ったのに、また修業から逃げおって！　しかも、なんじゃそのけったいな恰《かっ》好《こう》は!!　不細工にもほどがあるぞ!!」

「ヒイッ……ごめんなさい!!」

「まったく、馬鹿な弟子を持つと大変じゃわい」

慈悟郎がため息交《ま》じりにぼやく。

善逸はまさに身の置き所のない思いで縮こまった。

「だが、お前はただのバカじゃない」

「え……」

「大馬鹿じゃ」

「…………」

善逸が更にその身を小さくしていると、慈悟郎が少しだけその声をやわらかくした。

「やさしい大馬鹿者だ。お前は」「じいちゃん……」

驚いた善逸が顔を上げると、慈悟郎の手のひらが善逸の頭を覆った。

ゴツゴツとした大きな手だった。

元柱として鬼を滅し、沢山の人たちを助けてきた手だ。

善逸がいつも、そうなりたい、と夢見ている手だ――。

憧れ続けた人の強くてやさしい手だ。

「よく、あの娘を見捨てなかった。己の恐怖に負けず、よく、戦った」

「………助けたのは、じいちゃんだよ。俺は、なんにも出来なかった」

善逸がしょんぼりとそう言うと、慈悟郎が呆《あき》れたように、

「なんだ、お前。儂《わし》があの鬼を倒したと思ってるのか？」

「え？　だって、そうじゃない。じいちゃんが、俺が気絶してる間に――」

「倒したのは、お前だ。善逸」

「えっ……」

意味がわからず、善逸が両目を白黒させる。

（え……？　どういうこと？　あの鬼はじいちゃんが倒したんじゃん。なのに、なんで俺が倒したって言ってんの……ええ？）

しばらくの間、混乱していた善逸だったが、精神論的なことなのかもしれない、と思い至った。

（俺が鬼から逃げ出さなかったから、じいちゃんも俺を助けてくれた――だから、お前が倒したも同じだって、そういうこと？　きっと、そういうことを言いたいんだよな？　じいちゃんはさ。ちょっと端折《はしょ》り過ぎでわけわかんないけど）

一人納得し、うんうん、と肯《うなず》いていると、慈悟郎が「――善逸」と弟子の名を呼んだ。

剣の修業をつける時の厳しい声音だ。

「いい剣士とはどんな剣士だかわかるか？」

「え……そりゃあ、強い剣士でしょ。じいちゃんみたいなさ」

善逸が答えると、慈悟郎は少しだけ照れたようにポッと頬を染めた。

そして、コホンと咳払《せきばら》いを一つすると、

「なら、強い剣士に必要なものはなんだと思う？」

「え、そ……それは……」

「やさしさじゃ」

口ごもる善逸に、慈悟郎が噛んで含むように告げる。

「やさしさは人の心をどこまでも強靭にする。誰かの為に振るう刃《やいば》は、この世の何よりも強い刃だ。お前はそれになれ」

いつもガミガミ怒ってばかりいる老師範の両目はどこまでもやさしく、不肖の弟子を映していた。

「いついかなる時も、弱き者の心に寄り添い、その盾となれ。弱さを知るお前にだからこそ、出来ることだ」

「……――」

慈悟郎のやわらかな眼差《まなざ》しに、自分に向けて注がれるあたたかな言葉に、喉の奥と目頭がじーんと熱くなり、鼻の奥がつんと痛くなった。

「お前がそのやさしさを失《な》くさない限り、お前はきっといい剣士になれる」

「じいちゃん……」

ボロボロと涙が零れ落ちた。

「俺……おれ…………」

「…………」

泣きじゃくる善逸の黄色い頭を、慈悟郎はやさしく撫《な》で続けてくれた。


「――……」


あの日も、こんな三日月の晩だった。

(小百合ちゃん、どうしてるかなあ……)

善逸が目を細め、風に揺れる黄色い花を見ていると、袖をくいくいと引っ張られた。

見ると、禰豆子の不満そうな顔があった。

それに、我に返る。

「あ、ごめんね。禰豆子ちゃん！　すぐに作るからね？」

「ムーッ!!」

「ぼーっとしちゃったお詫《わ》びに、うーんと綺麗な花の輪っか、作ってあげるからね？　そうだ、お兄ちゃんと伊之助のバカにも作っていこうか？」

明るい声でそう言うと、禰豆子はうれしそうに微笑《ほほえ》んでくれた。

「うー！」

「アハハ」

その笑顔につられるように善逸も微笑む。

小百合はきっと、あのやさしい恋人と、幸せに暮らしているだろう。

自分は、あの時、じいちゃんが言ってくれたような強靱な刃には、とてもなれていない。

相変わらず、弱くて、泣き虫で、怯《おび》えて、逃げてばかりだ。

正直、自分がやさしいのかどうかさえもわからない。

（でも、いつかは……）

きっと――。
そんなことを胸に誓いながら、少年は愛《いと》しい少女の為に、この野原で一番綺麗な花を摘んだ。

第3話

占い騒動顛《てん》末《まつ》記

「――じょなんのそうが出ておる」

「え……？」

雑踏の中で届いた不穏な声に、炭治郎《たんじろう》は足を止めた。

横で善逸《ぜんいつ》と伊之助《いのすけ》の二人も立ち止まっている。

炭治郎が目をキョロキョロさせて声の主《ぬし》を探すと、小柄な老女が四辻《よつつじ》に佇《たたず》んでいた。見事な白髪の下に藤色の着物を纏《まと》った、皺々《しわしわ》の老女である。

「…………」

炭治郎がもの問いたげな視線を向けると、老女は小さく頭《かぶり》を振り、

「お主ではない」

と、きっぱり言い放った。炭治郎が伊之助の方を向くと、

「その猪頭《いのししあたま》でもない。そっちの黄色い頭の方じゃ」

「へ？」

老女の言葉に、今まで我関《われかん》せずとばかりに突っ立っていた善逸がぎょっとした顔で、自

分の鼻先に人さし指を向けた。

「え……な、まさか……俺なわけ？」

「――うむ」

大儀そうに老女が肯《うなず》く。

「ご老人。じょなんのそうとはなんですか？」

炭治郎が尋ねると、老女が重々しく答えた。

「女難とは男が女に好かれることによって身に受ける災難のこと。そういう顔相がその少年に出ておるのじゃ」

「何、言ってるんだ？　このババア。おかしいんじゃねえか？」

「伊之助！」

炭治郎が伊之助をたしなめる。

「無礼者!!　ババアではないわ!!」

老女が恐ろしい声で言い放つ。炭治郎と善逸は、思わず、ビクッとなったが、伊之助は屁《へ》とも思っていない様子で、

「なら、ジジイか？」

と言ってのけた。

「どっちでもあんまり変わんねえだろ。年よりは年よりだからな」

「──悪いことは言わん。今日一日、女人《にょにん》に近寄るな」

老女は伊之助を無視することに決めたようだ。

善逸の両目をじーっと穴が空くほど見つめると、

「出来る限り女人を避けろ」

と厳かに命じた。

「可能であれば、言葉も交わさぬ方が良い」

「そんな、大げさな……」

善逸が、なあ、という風に炭治郎に笑いかけてくる。若干、引き吊り気味のその笑いは、続く老女の言葉に、完全に凍りついた。

「お主、死ぬぞ」

「!!」

「万一、女人に想いを寄せられでもしたら、間違いなく死ぬ。しかも、考え得る限り一番惨《むご》たらしい死に方での。くれぐれも、肝に銘じておけ」

老女はそう言うと、懐《ふところ》をゴソゴソと探った。

中からボロボロのお札《ふだ》が出てくる。

擦《す》り切れ、黄ばんだ紙面に書かれた文字は、ほとんどが判読不能だった。

「……気休めにしかならぬが、取っておけ」

老女はお札を善逸の手に押しつけると、三人の前から去っていった。占い料だ、お札の代金だと、法外な金額を要求するわけでもない。それがかえって不気味だった。

善逸は固まったままだ。

魂が抜けたようにその場に立っている。

「善逸……？」

炭治郎が恐る恐る声をかけると、

「アー―――――――――――――ッ！！！！！（汚い高音）」

絹を裂くような――というにはあまりに醜い悲鳴が、往来に響きわたった。

✵

「なんなんだよ、ほんと……なんなんだよ？　死ぬとかさぁ……怖いよおぉぉぉぉぉぉおぉぉぉぉぉ」

炭治郎の羽織を握ったまま、善逸が顔から出るものすべてを流して狼狽《うろた》えている。

「もう帰るとこだったのに……なんで、死ぬとか言われるわけ？　わけわかんない！　わけわかんない‼」

「善逸……」

炭治郎には、その気持ちもわからなくはなかった。

昨夜、町外れでの任務を終えた三人は、近くの藤の家紋の家で休み、蝶屋敷《ちょうやしき》に帰る道々、お土産《みやげ》のお菓子を買ったところだった。

『よろしければ、帰りにお菓子でも買ってきてください』

と頼んだのは蝶屋敷の主《あるじ》・胡蝶《こちょう》しのぶである。

おそらくは、無限列車《むげんれっしゃ》での任務以来、がむしゃらに鍛錬に明け暮れる三人を案じ、それとなく気遣ってくれたのだろう。

大きな町だけあり、見る物すべてが珍しかった。

最初は炭治郎の背中に隠れ、異様なまでの人込みに怯《おび》えていた伊之助も、

『オイ！　アレはなんだ⁉』

『馬がデカイ箱引いてんぞ‼』

『アイツら、なんであんな変な恰好《かっこう》してんだ？』

『なんか、美味《うま》そうな匂いがしてくんぞ⁉　衣のついたアレか⁉』

と、大興奮である。

唯一都会に慣れている善逸は『……恥ずかしい奴《やつ》だなあ』とうんざり顔だったが、蝶屋敷の女の子たちへのお土産選びには大層な気合が入っていた。

蝶屋敷でよく出されるお菓子を思い出しながら、ああでもない、こうでもないと言い合い、結局、無難なところで饅頭《まんじゆう》に落ちついたのだ。

女性に人気だという店で人数分の饅頭を買い、やれ帰ろうというところに、突然の死刑宣告である。

善逸でなくとも、狼狽《ろうばい》するだろう。

「嫌だよおぉぉぉ……なんで、俺ばっかなの!?　ねえ、なんで!?　ねえ、なんで!?　うえ――――ん！！！！」

「善逸、落ちつけ」

「ピーピーピーピー、うるせぇ奴だな」

泣きじゃくる善逸を炭治郎がどうにか慰めていると、伊之助が切って捨てるような言い方で、

「男ならガタガタ言わず、どーんと構えていやがれ!!」

「ひど!!」

善逸が目を剝《む》く。

「伊之助、ひどっ!! わかってたけどさ、薄々。それにしたって、ひどすぎんだろ!? 俺、死んじゃうかもしんないんだよ!? しかも、なんか惨い死に方とか言ってるし!!」

「伊之助、善逸の気持ちも考えるんだ」

さすがに善逸が可哀想になった炭治郎が、仲裁に入る。「いきなり、あんなこと言われたら誰だって驚くし、怖がるだろう?」

「所詮、ババアの戯言《ざれごと》じゃねえか」

「戯言ではなく占いだ」

「どっちも同じだろ」

にべもなく伊之助が言う。

あるいは、占い自体を知らないのかもしれないと考えた炭治郎が、

「いいか? 伊之助。占いって言うのは……」

と、一から教えようとすると、

「当たるも八卦《はっけ》当たらぬも八卦だろ?」

意外にもちゃんと知識があるようだ。

炭治郎が目を瞠《みは》る。

「よく知っているな。伊之助」

「まあな。俺は親分だからな！」

炭治郎に褒められ、伊之助が胸をそらす。「だらしない子分を持つと大変だぜ」

いつもならば『なんの親分なんだよ⁉』『だから、お前の子分になったつもりはねえよ！』

とツッコむ善逸が、今や追い詰められた小動物のような表情で、震えながら二人の会話に
耳をそばだてている。

しばし考えた炭治郎が「――うん」と肯いて、善逸の方を向く。

「確かに、伊之助の言う通りだ。善逸」

「………………」

名を呼ぶと、友の肩が震えた。無言で怯えた目を向けてくる。

「必ず当たる占い師なんて、この世にはいない。いるはずがないんだ」

そんな人物がいるとしたら、それはもう神様だ。人間ではない。

あんまりにも唐突に恐ろしいことを言われたせいで、善逸のみならず炭治郎まで動転し
てしまったようだ。

あくまで占いと割り切れば、必要以上に怯えることもない。

そう伝えると、

「そ……そうだよな」

善逸がようやく安堵《あんど》した表情になる。

ずずっと鼻水を啜《すす》り上げると、

「言われてみれば、あのバアちゃん、見るからに怪しかったもんな？　絶対、インチキ——

——」

「その四辻に、必ず当たる占い師がいるんですの？」

善逸の声に被《かぶ》さるように、女性の愉《たの》しげな声が聞こえてきた。

「⁉」

ビクッと身を強張《こわば》らせた善逸が、炭治郎の背に隠れる。炭治郎と伊之助が声の方に顔を向けると、華《はな》やかな装いの娘たちが、談笑しながらこちらに向かって歩いてきた。

「ええ。なんでも、白髪で藤色の着物を着た老占い師とか——」

「百発百中って本当ですの？」

「本当らしいですわ。私の知り合いは、その方の言うことを聞いたら、素敵な出会いがあって、半月後には婚約したとか！」

「ああ……素敵ですわ‼」

「でも、一方ではその占い師の言うことを聞かなくて、大怪我した方もいるとか」

「まあ、怖い！」

「言いつけを聞けば大丈夫ですわ」

「あら、でもそれらしき方はいらっしゃらないですわね」

「まあ、本当に。どちらに行かれたのかしら……？」

それぞれに愛らしい顔をした娘たちが、占い師の姿を探す。

善逸の視線はその二人に釘付けだった。

だが、いつものようないやらしい――もとい、鼻の下を伸ばした表情ではない。蠟《ろう》のように青ざめた顔が強張り、額に大量の脂汗が浮いている。

カチカチと妙な音が聞こえると思えば、歯の根が合わない音だった。

（マズイぞ……）

「善――」

炭治郎が善逸に注意を促そうとした、その瞬間、

「ひぎゃあああああああああああああ！！！！！！！！！」

善逸の唇から絞め殺された鶏のような悲鳴がもれた。

周囲の視線が一斉に集まる。

件《くだん》の女性二人連れは、ひぃ、と叫ぶや否や、脱兎《だつと》の如《ごと》き勢いでその場を離れていってしまった。

「ほらご覧‼　ほうら、ご覧‼　当たるんだよ⁉　百発百中とか言ってるじゃない⁉」

「しっかりしろ！」

海老《えび》のような恰好で仰《の》け反《ぞ》る友を抱え起こし、炭治郎はその頬を力一杯張った。

我に返らせるぐらいのつもりだったが、善逸はぎゃあと大声で叫んだ。

「何⁉　いきなり、何すんの⁉」

「気を強く持つんだ！」

「持てねえよ！　てか、痛えよ⁉」

「占いなんかに負けるな、善逸」

「ムリだよ‼　だって、あの子たちも言ってたじゃん！　死ぬんだよ！　やっぱり俺、死ぬんだよ！　今日‼　うひひひひ……」

恐怖のあまり不気味な笑い声をもらす。

炭治郎が途方に暮れていると、今まで黙っていた伊之助が「――チッ。情けねえ、子分どもだぜ」と舌打ちすると、

「オイ、テメーら。紋逸のバカだけじゃなく、総一朗。テメーまで、ババアが言ったことちゃんと聞いてなかったのか？」

と猪頭を二人に近づけてきた。

炭治郎が片眉をひそめる。

「なんのことだ？　伊之助」

「女難ってえのは、男が女に好かれることによって受ける災難のことなんだろ？」

「ああ。確かにそう言っていたな」

そういう顔相が出ている、と。

「なら、コイツにそんなもんが出ると思うか？」

「………………」

「出鱈目《でたらめ》だ。間違いねえ」

伊之助がきっぱりと言う。一瞬、躊躇《ため》った後で炭治郎が、

「なるほど」

と肯くと、

「ひど！！！！」

と善逸がわめいた。

「お前ら、いくらなんでもひどすぎんだろ!?　それって、何!?　俺がモテないってこと!?　女の人に好かれるはずがないってこと!?　伊之助はともかく、炭治郎までそう思ってんの!?　そんな善人顔で!?　チクショウ！！！」

善逸が血の涙を流さんばかりに叫ぶ。

「いや。別に、そういうわけでは――」

ないとは言えないのが辛い。嘘《うそ》の吐《つ》けない炭治郎がおたおたする。とにかく、と声を励ました。

「一刻も早く、蝶屋敷に戻ろう」

あそこならば、しのぶがいる。

しのぶに『占いなんて気にしない、気にしない』とでも、やさしく諭されれば、善逸も落ちつくだろう。その内、一日が終わって明日になれば、占いのこと自体忘れるはずだ。

そう考えたのだが、次の瞬間、

「ダメだ!!」

善逸が弾《はじ》かれたように叫んだ。

「蝶屋敷はダメだ！　炭治郎!!」

「？　どうしてだ？」

まさか、異論を唱えられるとは思ってもいなかった。炭治郎が戸惑った顔になる。「何が、ダメなんだ？」

「おまっ……わかんないのか!?　あそこには女の子が六人もいるんだぞ!?　いいか、六人だぞ!?」

しのぶさんにカナヲちゃん。アオイちゃんに、きよちゃんすみちゃん、なほちゃんと、善逸が指折り数える。

数えられてもまだ、炭治郎にはなんのことだかわからない。伊之助もなんだコイツというような顔で善逸を見ている。

「それが、どうしたんだ？　善逸」

「彼女たちとの間に恋が芽生えたらどーすんだよ⁉　告白でもされたら？　俺、死んじゃうじゃねぇか！　しかも、その子も可哀想すぎるだろうよ⁉　自分が好きになったせいで、俺が死んじゃうんだよ？　そんなん、悲劇すぎんだろ‼」

言葉にしてもらっても、わからなかった。

「相変わらず、気持ち悪い奴だな。コイツ」

「…………」

伊之助がとなりでボソリとつぶやく。

炭治郎が、この可哀想な友に一体どんな言葉をかけるべきか迷っていると、

「────決めた」

善逸が神妙な声でつぶやいた。

「俺は今日一日、女の子を避けて、避けて、避けて、避けまくる‼　炭治郎と伊之助は俺が女の子から惚れられないように守ってくれ！　いいな⁉　全力で守るんだぞ⁉　禰豆子《ねずこ》ちゃんの

為にも、俺は生きなきゃいけないんだからな!!」

「コイツ、ここに置いていこうぜ」

「いや……そうもいかないだろう」

伊之助と炭治郎が言い合う声も、善逸には届いていない。

おそらくは、何か禰豆子に関することでも考えているのだろう——その想像に熱い涙を流している。

傍《はた》から見ると、かなり気持ち悪い。

「じゃあ、どっかに捨てて来ようぜ」

「だから、そういうわけにはいかないんだ。伊之助」

「大丈夫だよ、禰豆子ちゃん! 俺は絶対、死んだりなんかしないよ! きっと、この危機を生き残って、君を誰よりも幸せにするからね……!! 安心して、嫁いでおいで!!」

伊之助の辛辣な言葉も、炭治郎の困り顔もなんのその、善逸は自身の妄想に滝のような涙を流しながら、ぐっと利き手を握りしめるのだった……。

「いらっしゃいませ」

「‼」

店内に入った瞬間、女性が朗らかに微笑《ほほえ》みかけてきた。

ここは通りに面した喫茶店である。

蝶屋敷に帰ることを拒む善逸と、腹が減ったという伊之助の希望を叶える為に入ったのだが、入って早々、失敗だったことがわかった。

（どうしよう。女の人ばっかりだ……）

大きな町のお洒落《しゃれ》な喫茶店ということで、店内は女性でいっぱいだった。

うつくしく着飾った妙齢の女性たちが、遠巻きにこちらを見ている。

にこやかに近づいてきた店の女性は、着物の上に洋風の白い前掛けをしめていた。綺麗《きれい》に結い上げられた黒髪の下で、やさしい眼差《まなざ》しを向けてくる。

「何名様でございますか？」

女性に尋ねられ、案の定、炭治郎の右腕にしがみついた善逸は、片手には例の老女からもらったボロボロのお札を握りしめガチガチと震え出した。

それどころか、

「イ――――――――ッ」

威嚇《いかく》するようになったので、

「ひっ」

女性の笑顔は一瞬で凍りついた。

「すみません」

とペコペコ謝るのはここでも炭治郎の役目である。

「ど……どうぞ、奥の席へ……」

必要以上に上ずった声で女性が案内してくれた。

その怯えたるや、伊之助の猪頭すら目に入らぬほどである。

だが、今の善逸には、それすらも――自分にときめき、恥じらう乙女の姿に映るらしく、

「どうしようどうしようどうしようどうしようどうしようどうしよう」

とつぶやいている。

「好かれちゃったらどうしよう……好かれちゃったらどうしよう……好かれちゃったら
……」

「善逸……」

「はあはあはっはあっはっはっはあはふっはっ……」

息、汗、震えが酷《ひど》すぎて、炭治郎までその緊張が伝わってくる。特に鼻息と手汗がすごい。

「なあ、善逸。もう少し、落ちつけないか？」

炭治郎がやんわり苦言を呈するも、善逸は全身の毛を逆立て、逆ギレしてきた。

「いい加減なこと言うなよ！　お前、俺が死んじゃってもいいの？　いなくなっちゃっても平気なわけ？　なんて、友達甲斐《がい》のねぇ奴なんだ！」

「そうじゃない。善逸が死んで平気なわけないだろう？　ただ、そこまで怯えなくても――」

と言うも、善逸には届いていない。

相変わらず「どうしようどうしよう」と言いながら、震えている。

困った炭治郎が伊之助に目をやると、ホレ見たことかという風に鼻を鳴らした。

「やっぱり、俺が言う通り、捨ててくればよかったじゃねえか」

「そんなこと言うなよ。伊之助は親分なんだろ？」

「！　まあな。ホラ、紋逸、行くぞ!!　守ってやんよ、親分だからな」

途端に機嫌のよくなった伊之助が、善逸の背中をバシバシと叩《たた》いた。

女性に案内されたのは、店の奥の奥の奥——隅っこにある席だった。明るい店内の中で、何故《なぜ》かそこだけ薄暗く、空気が淀《よど》んでいる。

明らかに他の客から離す為、追いやられたのだろうが、かえってありがたかった。

善逸がさっと奥の席に座ると、椅子の上で膝をぎゅっと抱えた。

そのとなりに炭治郎が、向かいに伊之助が座る。

メニューを手にした伊之助の第一声は、

「読めねえ」

であった。

「これは、平仮名の〝あ〟だ。こっちは〝い〟。伊之助の〝い〟だな」

「俺様の〝い〟か!!」

「これは、〝す〟で、こっちは〝く〟」

炭治郎が弟たちにしてやるように一つずつ文字を読んでやっていると、

「ヒイィィィィィ!!!!!!!!!!!!!!!!!!!」

となりの席から善逸の悲鳴がもれた。

ギョッとした炭治郎が、

「どうしたんだ？」

と尋ねると、善逸が震える手で離れた席に座った少女を指さした。

「あの子、俺を見て固まってる……恋に落ちたんだ」

「すまない。善逸が何を言っているのか、まったくわからない」

炭治郎が悲しげに言うと、善逸が大袈裟《おおげさ》に頭《かぶり》を振ってみせた。

「だって、誰も彼もが俺のことを見てるもの……店中の女性が俺を好きになっちゃったかも……うぅ……どうしよう。炭治郎」

絶望的な声で善逸が言う。

「コイツ、もうダメだな」

「伊之助」

「もともと気持ちの悪い奴だったけど、もうやべえだろ。妄想と現実の区別がつかなくなってんぜ？」

「……伊之助」

言いにくいことをズバッという友を、炭治郎がそっとたしなめる。

そこへ、さっきとは別の女性が注文を取りに来た。

「あのぉ……ご注文をうかがいに」

明らかに善逸を警戒しているせいか、微妙に声が震え、上ずっている。

またしても勘違いした善逸が、ガタガタと震え始めた。

「ひぃ！　この人、俺のことチラチラ見てる……俺に告白するつもりなんだよ、きっと……怖い怖い怖い怖いこわいこわいこわいこ――――」

「いい加減にしろ、善逸」

テンパった善逸の頭を炭治郎がポカリと殴る。「彼女が怯えているだろう⁉　店の人を困らせるな！」

然程《さほど》、強く殴ったつもりはなかったのだが、友は緊張の糸が切れたように、ふっと白目を剝き、机の上に突っ伏してしまった。

ようやく静かになったところで、

「お騒がせして、すみません」

再びペコリと頭を下げる。

「い、いえ――」

女性は最早《もはや》、涙目だった。なるべく早く、解放してあげたいと思いながらも、名前だけ読んだだけではどれがどんな品なのかわからない。

困っていると、

「オイ、アレが美味そうじゃねえか？」

と伊之助が指さした。

炭治郎が目をやると、近くの席の女性が硝子《ガラス》の器に入った白い饅頭のようなものを、スプーンで食べている。

女性の様子ではどうやらひどく冷たいらしく、煎餅のような細長い物体が添えてある。

確かに、どんな味なのか気になるところではあった。

「アレを三つください」

そう頼むと、

「かしこまりました」

女性は明らかにほっとした顔で微笑《ほほえ》むと、半ば逃げるように席を離れていった……。

「お待たせしました。当店自慢のあいすくりいむでごぜえます」

注文の品は驚くほど速く運ばれてきたが、運んできたのは、またしても違う女性だった。

今度はまた、おそろしくごっつい女性で、力士顔負けの体格の持ち主であった。腕一本取ってみても、炭治郎や善逸の太腿《ふともも》ぐらいある上に、伊之助以上にムキムキだ。

「溶けやすいだで、お早く召し上がりくだせえ」

「わあ、ありがとうございます――」

炭治郎は笑顔で礼を言いつつも、好戦的な伊之助が、彼女の恵まれた体躯《たいく》に闘争本能を駆り立てられ、勝負を挑まないかハラハラしていたが、

「ヒャフー！　待ちくたびれたぜ‼」

幸い、目の前に出されたご馳走に夢中で、それどころではないようだ。

猪頭を脱ぎ捨てた伊之助が、上機嫌でスプーンを握りしめる。

早速、ガバッと豪快に口へ運んだ伊之助が、

「オ……オイ」

とうめいた。

見れば、感動に打ち震えている。

「めちゃめちゃうめぇぞ、これ⁉　なんだ、これ⁉」

「あいすくりいむって言うらしいぞ」

炭治郎が女性に聞いた名前を伝える。

そして、自分も一口食べ、

「美味いな！」

と目を丸くした。饅頭とは全然、違う味だった。驚くほど甘く冷たくて、口の中に入ると、たちまち溶けてなくなってしまった。

「うめえうめえうめえうめえうめえ」

伊之助が大声で連呼し、ガツガツと口へ運ぶ。

美味い物を食べている時の伊之助は、基本、無害である。その上、彼の素顔は、普段の猪頭からは想像もつかないほど美形で、白皙《はくせき》の美少年と言っても過言ではない。

そのせいもあってか、店内の女性たちの視線が伊之助に集中する。

——それに、どういうわけか善逸が覚醒した。

「ハッ⁉」

「起きたのか、善逸」

炭治郎がほっとしつつ「あいすくりいむが来ているぞ」と言う。

「すごく美味《おい》しいんだ。これを食べれば、きっと気がまぎれる」

だが、死人のように青ざめた善逸の耳には届いていなかった。

「視線を感じる……」

「え？」

「『え？』じゃねえよ！　この女の子たちの熱い視線を感じねえのか⁉　どうしよう⁉

俺、死んじゃうよ⁉　考え得る限り一番惨たらしい死に方をしちゃうよ⁉」

「落ちつけ、善逸。お店の人に迷惑だろう？」

「いやあああああああ‼　禰豆子ちゃん、じいちゃん、助けてえええええ——

——っ！！！　死にたくないよおぉぉぉぉぉぉ！！！！」

「善逸‼」

「お客様、すんませんが、これ以上、店内で騒がれるようなら、外へ出ていただかねえと」

炭治郎の制止をものともせず、大声で叫ぶ善逸に、例のごっつい女性がやんわりと注意する。

善逸がまじまじと彼女を見つめた。

「え……なに……『お客様、好きです。これ以上は、照れくさいので、外へ出てくれませんか』だって……？」

あり得ない聞き間違え方をした善逸が、即座に震え上がる。

「ひいぃぃぃぃぃぃぃ！！！　告白だ‼　これ、告白されちゃうやつだよ‼　いやあああああああ——————っ！！！」

声の限りに叫ぶと、となりの席の炭治郎を押しのけるようにして、店の外へ飛び出してしまった。まさに、呼び止める暇もなかった。

「善逸……——」

炭治郎が呆然《ぼうぜん》と友の背中を見送る。

余程、動転していたのか、あれほど握りしめていたお札まで忘れてしまっている。

向かいの席の伊之助はあいすくりいむに夢中で、善逸が出ていったことにも気づいていない。

友が机に置き忘れたお札を炭治郎がそっと拾う。

すると、

「お客様、そのお札……どこでもらっただか？」

眉をひそめた女性が、険しい声で尋ねてきた――。


「どうしよう……どこに行ったんだ？　善逸」

雑踏の中、炭治郎が善逸の姿を探す。

山の中であれば、彼の金色の髪は見つけやすいが、何せここには様々な色があふれている。人々の装いも様々な為、友を探すのも一苦労だ。

店の女性――さやという名前だった――が言うには、最近、四辻の有名な占い師の名をかたり、悪質なお告げで通りすがりの人間を怖がらせては楽しむ贋《にせ》占い師がいるらしく、以前、その偽物に遭遇したお客から見せてもらったものと、善逸のもらったお札がそっくりだったそうだ。

炭治郎が先程のことを話すと、さやは深く同情し、心配してくれた。

『わたすも、もう少しで仕事が上がりだから、一緒に探してあげますだ』

自分ならばこの町のことにも詳しいからと、心やさしい娘はそう言ってくれた。炭治郎も喜んだのだが、善逸はなかなか見つからなかった。

(まさか、善逸に限って、世を儚《はかな》んで……ということはないだろうけど)

何せ、あの追い詰められようだ。悪い想像ばかりがわいてくる。

「あのバカの〝匂い〟はしねえのか？」

「さっきから探しているんだが、ものすごく強い匂いが邪魔して、はっきりしないんだ……」

炭治郎が眉間に皺を寄せる。

さやが『香水《においみず》』だと教えてくれたそれは、主に女性たちから漂っており、中には鼻が曲がりそうなものまであった。ゆえに、炭治郎の嗅覚を使うこともできない。

「俺はさやさんとこっちを探してみるから、伊之助はそっちを――」

炭治郎が言いかけたところで、

「あそこだ！！」

さやが叫んだ。

炭治郎がさやが指さす方を見ると、確かに善逸が泣きながら歩いている。

それに安堵する。

「善――」

「お客様あ――――っ！！！！」

しかしながら、炭治郎が声をかけるのと同時に、さやがドスドスと駆け出してしまった。

善逸がぎゃっと飛び上がり、そのままヘナヘナと座りこんでしまったのが見える。恐怖が膝にきたのだろう。

観念するかのように、善逸が目を閉じた――その時。

「馬車の馬が逃げたぞお――――――っ！！！！！！！！！」

男の怒声が通りに響きわたった。

一気に周囲が騒々しくなる。

「逃げろおおおおおっ！！！！」

「キャ――――ッ！！！」

「いやあああああ！！！！！」

人々が右往左往し、あちらこちらから悲鳴が上がった。

炭治郎が周囲を見まわす。善逸に駆け寄ろうとしているさやの右脇に、馬が見えた。馬が大きく足を上げる。

「伊之助！」

「おうよ‼」

炭治郎の号令に、二人がほぼ同時に動く。

だが、それよりも早く、稲妻のようなものが馬の足元からさやを連れ去った。

「……っ——？」

炭治郎が思わず目を瞠る。

その稲妻のようなものは、善逸であった。

友が雷の呼吸を使い、さやを助け出したのだとわかる。

「やるじゃねえか、アイツ」

伊之助がつぶやいたのが聞こえた。

「弱味噌《よわみそ》にしては上出来だ」

標的を失い荒ぶる馬と対峙《たいじ》した伊之助が、ギラリとにらむ。

途端に、馬は仔犬《こいぬ》よりも大人しく従順になった。

（さすが、伊之助だ……）

安堵した炭治郎が、善逸は――と視線を戻す。さやを抱えた友は、沸き立つ人々によって囲まれていた。

「よくやったな、坊主!!」
「なんだ、今の!?　すげー速かったぞ!?」
「お兄ちゃん、カッコいい！！！」
「すごいわ！！！　坊や！！！」

人々が口々に善逸の行動を褒めたたえているが、当人はそれどころではないという顔をしている。

ほとんど顔面蒼白《そうはく》で、さやが重いのもあるだろうが、ブルブルと震えている。

「善逸、大丈夫か――？」

駆け寄ろうにも、人垣が邪魔で近づけない。それでも、どうにか前に出ると、善逸に抱えられたさやが妙に艶《あで》やかな目で友を見上げている。

「お客様……わたすの為に」

「……い、いやいやいや……そ、そんなたた大したことじゃないから……に、に、人間としてと、と、と、当然のことをしたまでですよ」

「なんて、謙虚で漢《おとこ》らしい方なんだ……」

さやがうっとりとつぶやく。

今にも愛の告白をされそうな雰囲気である。

善逸が必死に視線を泳がしている。救いを求めるように野次馬の上を動いていた視線が、ピタリと止まった。

その顔が更に、死体のように青ざめた。

不審に思った炭治郎が、友の視線を目で追うと、例の贋占い師の姿があった。

「伊之助!」「まかせろ!!」

伊之助が人込みをかき分けるようにして、贋占い師の方へ走っていく。

——だが、

「え? ちょ、お、お客様!? 大丈夫だか!? お客様ぁ————っ!!?」

さやの叫び声に慌てて振り返る。

果たして、友はさやを抱き上げたまま、気を失っていた……。

その後、目覚めた善逸にすべてを話し、捕まえた贋占い師の髪の毛を全部毟《むし》ろうとしていた伊之助を宥《なだ》め、さやに見送られながら町を後にした三人は、どっぷりと日が暮れた頃に蝶屋敷へと辿《たど》りついた。

「それはそれは、大変でしたね」

話を聞いたしのぶが、やさしく労《いたわ》ってくれる。

きよ、すみ、なほの三人も「善逸さん可哀想」「大丈夫ですか？」「嘘を言うなんて、ひどいです」と憤慨してくれたので、どん底だった善逸の機嫌もすっかり良くなった。

さやはあの店の主の姪《めい》で、大切な姪を助けてくれたお礼に……と、チョコレートやキャラメルなどのお菓子を大量に持たせてくれた為、女性陣は大喜びである。

そして、彼女たちの喜びは善逸の喜びである。

「それにしても、伊之助は最初から冷静だったな」

アオイとカナヲが淹《い》れてきてくれた茶を飲みながら、炭治郎が友を褒めると、チョコレートを食べていた伊之助が「は？」と顔を上げた。

頬のまわりが大量のチョコで汚れ、アオイに、

「汚い！」

と叱られている。

「どうせ、俺はモテねえと思ってたからだろ」

ケッと善逸が不貞腐《ふてくさ》れる。「もしくは、俺がどうなろうと心配じゃなかったから、冷静だったんだよ。コイツは」

だが、伊之助は意外にも、

「最初に会った時、あのババアから嫌な感じがしたからな」

と別のことを言った。

「最初に言うことを決めてて、どいつに言おうか舌なめずりしながら探してる感じだった。真っ当な占い師だったら、そんなことしねえだろ？　てか、お前、いつもの〝音〟はどうしたんだよ？　聞こえなかったのか？」

「…………」

善逸が、あ、という表情になる。

完全に失念していた、という顔だった。

うつむき黙りこくる善逸に、

「やっぱりバカだな」

と伊之助がとどめを刺す。

「この際、馬鹿逸に改名したらどうだ？」

「……うるせーよ」

言い返す声にも、いつもの勢いがない。

しかし、それは炭治郎も同じだった。いくら動揺していたからといって、贋占い師の悪意に満ちた〝匂い〟を嗅ぎ分けられなかったことを反省していると、空になった湯呑《ゆのみ》にカナヲが新しいお茶を注いでくれた。

「ありがとう」

「…………」

「カナヲもチョコレート食べた？　美味しいよ」

そう言ってわたそうとすると、カナヲは何故か赤い顔で近くにいたアオイの背中に隠れてしまった。

コインを投げていないから受け取れなかった……という風でもない。

（どうしたんだろう？）

炭治郎が小首を傾《かし》げていると、

「なあ〜に、なんか良い雰囲気になってんだよ？　コラ、炭治郎」

「どうしたんだ？　善逸。そんな怖い顔して」

「人畜無害な顔しやがって……俺より先に幸せになったら、呪うぞ?」

「?.?.?」

妬ましさを全開にした善逸が、ギリギリと歯を鳴らしながら詰め寄ってくる。今すぐにでも呪われそうな勢いだ。

わけのわからない炭治郎がオロオロしていると、しのぶが「――まあまあ」と微笑む。

「善逸君も無事でしたし。任務の帰りに贋占い師まで捕まえるなんて、君たちは本当に良い同期ですねぇ」

と笑顔でその場をまとめてくれた。

✵

アオイが湯を新しく沸かしてくれたと言うので、三人で風呂に向かう。

「俺は風呂なんて入りたくねぇ。水浴びでいい」

とごねる伊之助を炭治郎が引っ張っていると、背後から、

「…………助けてくれて、ありがとな」

と小さな声がした。

炭治郎、伊之助、と。

本当に小さいその声は、妙に真摯で、照れくさそうだった。

「――？　善逸？」

振り返ると、そこにいるのはもういつもの善逸で、

「あーあ、もう、今日は散々だったよ」

とうんざり顔でぼやいた。

そして、

「先に入ってるぞ」

と言うと、足早に風呂場へ向かう。

「……――」

炭治郎はそんな意地っ張りの友の背中に目を細めると、ふっと微笑んだ。

『君たちは本当に良い同期ですねえ』

しのぶの声が耳元で蘇《よみがえ》る。

そうなのだろうか？

隊士になった最初の頃から、ずっと側《そば》にいるせいかよくわからない。

だが、鼓屋敷《つづみやしき》の任務で出会ったのが、あの二人で本当によかったと思う。

一緒にいたから、乗り越えられたこともあった。

どうしようもない悲しみに、打ちのめされずに済んだ。


一人でないということは、幸せなことだ。


「入ってもいいが、体は洗わねえぞ」

「ダメだ。アオイさんも言ってただろ？　湯船に入る前に、ちゃんと洗うんだ」

「あの小うるさいチビが！」

「そういうことを言うんじゃない。みんなのことを考えてくれているんだから。ホラ、行くぞ。伊之助」


もう一人の友を引っ張りながら、炭治郎はもう一度、微笑んだ。

縁側から見える夜空には、今にも降ってきそうな程に星が瞬《また》いていた――。

第4話 アオイとカナヲ

私はカナヲが苦手だった。

といっても、別に嫌いというわけではない。ただ、苦手というだけだ。特に何かをされたわけでも、明確な衝突があったわけでもない。

栗花落《つゆり》カナヲは、言うなれば人形のような少女だ。

話しかけてもまず返事はない。いつも虚《うつ》ろな笑顔で、自分では何も決められず、銅貨を投げて決める。

そんなカナヲに、気の短い私はイライラし、時にうんざりすることすらあった。

年齢だけを言うなら私の方が上だが、階級はカナヲの方がずっと上だ。何せ、あの若さで柱《はしら》の技術を受け継ぐ〝継子《つぐこ》〟に選ばれるほど、鬼狩りの才能にあふれている。

一方の私は、単なる幸運だけで選別を生き残り、それから先は恐怖のあまり実戦経験を積めない腰抜けだ。しのぶ様のお情けでこの蝶屋敷《ちょうやしき》に留《とど》まり、負傷した隊士の世話や、回復した隊士の回復訓練を手伝わせてもらっている。

鬼を殺せない隊士に、存在価値などあるのだろうか？

あるわけがない。

私は隊のお荷物だ。

そのせいか、カナヲを前にすると妙に気持ちがざわつく。それが劣等感だと気づいた時、己の卑小さにうんざりした。

どんどん自分が嫌いになっていく……。

そんな時、ある人が言ってくれた。

『俺を手助けしてくれたアオイさんは、もう俺の一部だから。アオイさんの想いは、俺が戦いの場に持っていくし』

こんな役立たずを自分の一部だと、この行き場のない想いを戦いの場へ連れていってくれると──。

なんの衒《てら》いも躊躇《ためら》いもなく。お日さまのような笑顔で、その人は言ってくれた。

だから、頑張ろうと思った。自分に出来る精一杯のことをやろうと……。

（なのに……）

音柱様《おとばしらさま》に任務への同行を命じられた時、私の身体《からだ》はあっけなく震えた。鬼とまみえる恐怖を思い出し、なほを庇《かば》うことさえ出来ず、

『カナヲ！　カナヲ!!』

バカみたいに、そう繰り返した。

そんな私の手をカナヲはつかんでくれた。

銅貨も投げず、眉間に皺《しわ》を寄せ、歯を食いしばって、音柱様に何を言われてもこの手を離さないでいてくれた。

その時のお礼を、私はまだ言えないでいる――。


「買い出しですか？」

「ええ。是非、二人にお願いしたいんです」

上官であるしのぶの自室に呼び出されたので、音柱との一件のことで叱責されるのかと思ったが、そうではなかった。

それにしても、そろって買い物を言いつけられるとは珍しい。

アオイはちらっととなりに座わるカナヲを盗み見た。

カナヲは普段となんら変わらない表情で宙を見つめている。その胸の内は杳《よう》として知れない。

「買ってきてほしい薬種は、ここに書き出してありますから」

そう言うと、しのぶはニコニコと微笑《ほほえ》んだ。

物言わぬカナヲと二人で外出――以前であれば、いくら敬愛するしのぶの言いつけとはいえ、気の重いものであったはずだ。

だが、今のアオイには渡りに船だった。

ようやく、あの時のお礼を言えると思い「わかりました」と頭を下げる。

「行って参ります」

「よろしくお願いしますね。炭治郎《たんじろう》君たちが今回の任務を終えたら、おそらくこちらに戻るでしょうから」

としのぶが何気なく続ける。

それに、しかしアオイはびくりとした。

「宇髄《うずい》さんがついていますから、心配はないでしょうが、出来る限りの備えをして待ちましょう」

「…………」

そうだ。彼らは自分の代わりに行ってくれたのだ。

(私が情けないから……)

そっと唇を噛《か》みしめる。どうか、危険な任務でないといい。だが、それは虫のいい願いだ。柱が動くほどの任務であれば、雑魚《ざこ》鬼退治程度であるはずがない。

無限列車《むげんれっしゃ》という列車に潜む鬼を退治に行った時にも、彼らは満身創痍《まんしんそうい》で戻ってきた。心も身体も傷ついて、痛ましいほどボロボロになって……。

しかも、今回は自分のせいなのだ。

(……どうか、どうか無事で――)

いっそ、泣き出したい想いで祈る。

(絶対に、みんなそろって、帰ってきて……)

膝の上に置いた指の先が震えていた。止めようにも止まらない。

アオイは己の不甲斐なさに固く目を瞑《つむ》った。


しのぶ行きつけの薬種問屋は、蝶屋敷《ちょうやしき》から少し離れた街にある。

アオイもしのぶに連れられて何度か来たことがあった。

「いらっしゃいまし」

と応じる、痩せぎすで萎《しな》びた茄子《なす》のような顔をした店主に見覚えがある。

「薬種をわけていただきたいのですが――」

カナヲは基本口を利かないので、アオイがしのぶの書付を手に、あれこれ指示する。薬種の目利《めき》きについては、然程《さほど》、不安はなかった。

だが、勘定の段になって、アオイはさっと青ざめた。

確かに入れたはずの財布がないのだ……。

しのぶから預かっているお金を入れた財布が、どこにも見当たらない。

しばらく、隊服のポケットを必死に探っていたアオイが、

（………あ）

と、口元に手を当てた。

出がけに、急な支払いで隊服から出し、そのまま机の上に置き忘れてしまったのだと思い出し、呆然《ぼうぜん》とする。

普段は到底しないようなしくじりだった。

「………」

カナヲが何かを察したようにこちらを覗《のぞ》きこんでくる。

「……──カナヲ、ゴメン」

かすれた声でつぶやくと、アオイは鼻の頭が膝小僧につくぐらい大きく頭を下げた。

「お財布、忘れた!!」

カナヲからの返事はない。

恥ずかしさと情けなさで、いっそ消えてしまいたかった……。

✵

運が悪いことに、あくまで買い出しが目的であった為、アオイのみならずカナヲも私用の財布を持っていなかった。

カナヲが例の銅貨をじっと見つめ、かすかにたじろいだので、

「まさか、それを取り上げたりはしないわよ」

と力なく笑う。

何度も通っている店ということもあり、恥を忍んでツケ払いを頼んだのだが、うたぐり深い主《あるじ》はなかなか首を縦には振ってくれなかった。

「そうは言われても……あたしらも商売だしねえ。生憎《あいにく》、今日は隠居が出てるし……あた

しの一存じゃねえ」

そう言って、のらりくらりと話を濁す。

「大体、アンタら何してる人なの？　キサツタイってのは、どういう集まりなわけ？」

「え……」

改めて尋ねられ、アオイが言葉に詰まる。

こういう時、政府公認の組織ではないことが辛《つら》い。

鬼云々《うんぬん》と言っても信じてもらえない為、藤の家紋の家などをのぞき、鬼殺隊《きさつたい》の社会的信用は決して高くない。人々の為に命を懸けて鬼と闘いながら、隊士たちは日輪刀《にちりんとう》すらまともに帯刀できないのが現状だ。

アオイが返答に困っていると、主は胡散《うさん》臭い目でアオイとカナヲを見てきた。

「女の人だけで何してんの？　前に来てた人も妙に色っぽかったし……まさか、何かやましい商売をしてるんじゃないだろうねえ？」

「‼」

買い出しにくる蝶屋敷の面々が女性ばかりの為、そんな邪推が働いたのだろう。

だが、主の下卑た目つきに腹を立てたアオイは、

「わかりました、ツケ払いの件は結構です！　では‼」

そう慇懃《いんぎん》に告げると、カナヲを引っ張って店を出てきてしまった。

そして、途端に後悔した。

（……やっちゃった）

利き手で頭を抱える。今から蝶屋敷に戻ってお財布を取ってきたところで、到底、店のやっている時間には戻って来られまい。

やはり、短気を起こさず、何を言われても黙って頭を下げ続ければよかったのだ。

でも、しのぶのことまであんな風に言われ、隊を侮辱されて、我慢などできなかった。

（私の馬鹿……馬鹿馬鹿馬鹿馬鹿！）

あの人が言ってくれた言葉を無駄にしない為にも、前を向こうと——そう決めたのに。

気持ちばかりが先走り、空回りしている現状が情けなかった。

今日買うはずだった品——薬種も、医療用に使うお酒も、包帯にするさらしも、どれも必要不可欠なものだ。


もし、それらが足りない時に、彼らが帰ってきたら？

しのぶでも手に負えないような大怪我をしていたら？


私のせいで、彼らにもしものことがあったら……？

想像しただけで、みっともなく足が震えだす。自分の間抜けさ加減に目の前が真っ暗になった。

「――――ゴメン、カナヲ」

あの時の礼を言うどころではない。

しょんぼりとうなだれたアオイは、カナヲに向け、改めて頭を下げた。「鬼が怖くて任務に行けない時点で、十分すぎるぐらいお荷物なのに……買い出しすらまともに出来ないなんて……――ホント、最低」

自分で言いながら涙が出そうになった。必死にそれを堪える。喉の奥がじんと熱くなって、鼻の奥がつんと痛んだ。

「私っ……自分で自分が情けなくて……」

「…………」

「…………やっぱり、もう一度、頼んでくる。お金は明日でいいかって」

そう言って背を向けようとすると、カナヲの手がアオイの頭の上に伸びてきた。

どこかぎこちなく、アオイの頭を撫《な》でる。

それは、少女らしいやわらかな手ではなかった。鍛え抜かれ、皮膚の分厚くなった少女の手――戦って誰かを守ってきたその手に、アオイの涙が止まる。

「カナヲ……」

アオイが戸惑った声でその名を呼ぶと、少女は少しだけ微笑み、アオイの手を取った。

『行こう』でも、『大丈夫?』でもなく、カナヲが歩きだす。

アオイは無言で自分の手を引く少女に尋ねた。

「蝶屋敷に戻るの?」

「…………」

カナヲは何も言わない。そうだとも、違うとも。

「でも、こっちって屋敷に戻る方向じゃ——それに、まだ薬種が」

アオイが躊躇《ためら》いながら、徐々に遠くなっていく店を肩ごしに振り返る。だが、アオイの言葉が届いていないように、カナヲはどんどん歩いていく。

こういうところは、やはりわけのわからない子だと、アオイは半ばあきらめの気持ちで嘆息する。

しばらく歩いたところで、不意にカナヲの足が止まった。

往来に鈴なりの人だかりができていた。

「? 何、これ?」

アオイが目を凝らす。どうやら、酒問屋の前で何かをやっているようだった。

何かの見世物だろうか?

そんなことをぼんやり考えていると、近くに立っていた上品な装いの老女が、

「おや、可愛らしい娘さんたちだね。よかったら、覗いておいきよ」

と言い、半ば強引に二人の袖を引いた。

「いえ、私たちは――」

「よく見りゃ、どこかで見た顔じゃないか。遠慮せずに見ておいき。菓子組がなかなかの接戦だよ」

なりゆき上、仕方なく見物人たちの間から店先を覗くと、数人の男女が大食いを競い合っていた。大酒大食の会といえば、江戸の頃には盛んだったらしいが、最近では、とんと目にしなくなった大衆娯楽だ。

饅頭四十五個、羊羹《ようかん》七棹《さお》、鶯餅《うぐいすもち》七十個、沢庵《たくあん》四本という、信じられない声が飛び交い、アオイは耳を疑った。

とりわけ、中央に陣取った力士の食欲が凄《すさ》まじく、羊羹一棹を一瞬の内に平らげ、饅頭を次々と飲みこんでいく。

見ているだけでも胸焼けしそうだったが、アオイはそれ以上に、カナヲの反応が気になった。

カナヲ本人から聞いたわけではないが、カナヲは貧しさから実の親に女衒《ぜげん》に売られたそうだ。そこをしのぶと、今は亡きしのぶの姉に救われ、鬼狩りとして育てられた。

そんな彼女が、これを見てどう思うか心配だった。

「カナヲ……？」

恐る恐るとなりのカナヲを見ると、少女はいつもと同じ、感情があってないような表情で、虚ろに見世物を見つめていた。

飢えているわけでもなく、生きる為でもなく、娯楽の為に大量の食糧が消費されていく。それを見つめる少女の横顔に、アオイはどうしてか、堪《たま》らない気持ちになった。

「行こう」

と、今度はアオイがカナヲの手を引く。

ぎゅっとそれを握ると、カナヲは無言でアオイを見た。不思議そうな顔をしていた。

そのまま、立ち去ろうとすると――。

人々の間から悲鳴がもれた。

「!?」

振り返ると、件《くだん》の力士が地面に倒れていた。手から零《こぼ》れ落ちた饅頭が地面に転がっている。

「う…………っう……うぅ……う、っ…………」

若い力士は土気色《つちけいろ》の顔で、しばらくうめいていたが、ほどなく白目を剝《む》いて意識を失った。口から大量の泡を吹いている。見物人たちから再び、悲鳴がもれる。

「な、なんだぁ？　喉に饅頭がつまったのか？」

「オイ、口をこじ開けろ！」

「水でも飲ませるか？」


男たちの声が聞こえてきた。

どうやら、見当違いな処方を施そうとしている。

いけない――――そう思った瞬間、身体が動いていた。

「すみません！　すみません……通してください‼　通して……！」

無理やり人垣の中央に出る。

力士の横に跪《ひざまず》き、呼吸、脈拍、瞳孔、口内、腹部の音など順を追って調べる。アオイの顔から血の気が失せていく。

（やっぱりだわ……これは、喉に物を詰まらせたような単純な状態じゃない）

はっきり言って、かなり危険な状況だ。とはいえ、仮にここにしのぶがいれば、どうにか出来るだろう。

だが、今、ここにいるのは自分だけだ。

自分に出来るだろうか？　他人の命を預かることが。鬼とももまともに対峙《たいじ》出来ないような自分に……。

（でも、やらなきゃ、この人は――）

アオイはぐっと唇を噛みしめると、医学書に書かれたこういう場合の応急処置の方法、手順を思い出した。一度、大きく深呼吸し、周囲の見物人に向け、

「この方は、直ちに処置を行わないと危険です。どなたか、近くのお医者様を呼びに行ってください!!」

近くにいた男が「お、おうよ！　俺が行ってくらぁ」と叫んで、駆け出して行った。

続いて、アオイがとなりのカナヲを見やる。

「カナヲ、お店の人に言って、今から私が言うものをもらって来て」

逸《はや》る気持ちのまま、治療に最低限必要なものを伝える。伝えた後で、思い出した。これではカナヲは動けない。

「銅貨を——」

振り返るアオイの視界に、すでに店の中へと走りだすカナヲの背中が見えた。

「……——」

上司であるしのぶの命令があったわけでもなく、銅貨を投げて決めたわけでもなく、カナヲはアオイの頼みを聞き入れてくれたのだ。

それに戸惑いと感動を覚えながら、アオイが患者へと向き直る。

すると、見物人たちの奥から「オイオイ」という声がもれ、一見して堅気ではないとわかる若い男が懐手で現れた。

「なんなんだよ、お嬢ちゃん？　俺はなあ、この力士に結構な額を賭けてんだよ。喉に詰まったもんを吐かせりゃあ、まだやれんだろ？　御大層なこと言って、勝負の邪魔すんじゃねえぞ。コラ」

すごんだ息がぷんと酒臭い。

大方、仲間内で賭け事でもしていたのだろう。折角の勝負を中断されてしまったのが気に食わないのか、力士に向かって腕をのばしてくる。アオイはキッとなって、その手をバシッと叩《たた》いた。

「聞こえなかったのですか？　この方はすぐに処置しないと、命が危ないんですよ？」

「ああ？」

「治療の邪魔です。下がりなさい」

「なんだと、この女《アマ》――」

顔色を変えた男がつかみかかってくる。

アオイはすっと身をかわすと、男の腕をつかんで投げ飛ばした。

隊士としては出来損ないでも、あの地獄の修練に耐えた身だ。こんな男程度、なんでもない。

「下がれと言ったはずですよ」

「…………こ、このっ……」

「ご理解いただけないのでしたら、次はその腕を折ります」

両目を細め、ひんやりと告げると、男はごくりと唾を飲みこんだ。

脅しが効いたのか、男は口汚く罵りはしたものの、「覚えていやがれ!!」というお決まりの台詞《せりふ》を残して立ち去った。にわかに盛り上がる見物人たちに、

「皆さんも、どうかお静かに願います」

そう釘《くぎ》を刺すと、アオイは力士の身体の向きを変えた。

続いて、気道を確保したところで、カナヲが必要なものすべてを持って、こちらに駆けてくるのが見えた……。

✵

「この娘さんらがいなかったら、この相撲《すもう》取りは死んどったかもしらんわ」

——その後、ようやく駆けつけた老医者の言葉に、未《いま》だ残っていた見物人の間からわっと歓声がもれる。やったな、よくやった、という声があちこちで聞こえる。

「はあ～、大したもんだねえ。アンタら」

先刻《さっき》、二人に声をかけてきた老女もその内の一人で、惚《ほ》れ惚《ぼ》れとした表情でそう言うと、

会の主催者であるという酒問屋の主人の太った肩をペシッと叩いた。

「ホラ、芳太郎《よしたろう》さん。お嬢さん方に何かお礼をしな。万一、死人でも出てたら、今頃、大騒動だよ？　精々、奮発おしよ」

「わかってますよ。まったく、おかよさんには敵《かな》わない。この度は、本当にありがとうございました。ほんの心ばかりの品ではございますが……」

老女と主人はどうやら知り合いらしく、礼の言葉と共に主人が差し出してきたのは、なんと、酒一樽《たる》と米俵一俵だった。

「どうぞ、お納めください」

「…………」

優勝者に贈られるはずであっただろうそれらは、少なくとも『ほんの』と言うような量ではないし、簡単に『お納め』できるものでもなかった。

だが、もともと買う予定だったお酒はありがたかったし、お米も売ればお金になる。それで薬種と、さらしを買うことが出来ると思えば、重さなど大した問題ではない。

カナヲは悠々と、アオイはよろよろとした足取りではあったが、二人で分けて背負った。

再び、カナヲが先だって歩きだす。

やっぱり、屋敷に帰る道とは逆だ。

何を考えているのだろう、と不審に思いながらも、

（そうだ……お礼。カナヲに、お礼を言わなきゃ）

と俄《にわ》かに思い出す。

音柱の一件のこともだが、先程のこともだ。

カナヲがアオイの頼みを聞き入れ、迅速に動いてくれたからこそ、あの力士を助けられたのだ。自分一人では難しかった。

「――あ、あの……ねえ、カナヲ？」

米俵を背負った背中に声をかける。

「…………」

カナヲが足を止め、肩ごしに振り返った。

「えっと……その」

「…………」

カナヲがアオイの次の言葉を待つように、こちらを見つめている。

言わなければ、と思う。

だが、改めて礼を口にしようとすると、妙に照れくさい。

アオイが上手《うま》い言葉を探していると、突如、耳を劈《つんざ》くような怒声が聞こえた。

「このアマ、殺《や》るなら殺れぇぇぇ!!」

「言われなくったって、殺してやるよ！　このろくでなしの穀潰《ごくつぶ》しがっ‼」

「⁉」


咄嗟《とっさ》に身を強張《こわば》らせる。

続いて物が派手に割れる音が響きわたった。子供の泣き声も聞こえる。

「な、何？　何事？」「…………」

辺りを見まわすアオイに、カナヲがすっと指を宙に浮かせた。その先には、表具屋の裏《うら》店《だな》がある。

あそこから聞こえた、ということだろう。

狭い路地を入ると、間口九尺ほどの長屋になっていた。いわゆる棟割《むねわり》長屋だ。その一つの障子が半開きになっていて、割れたお椀《わん》や湯呑《ゆのみ》が家の外にまで散乱している。アオイがごくりと唾を飲みこむ。

「――ごめんください。大丈夫ですか？」

声をかけた途端、ひょろりと背の高い男が、転げるように飛び出してきた。それを追いかけるように、乳飲み子を背負った女が出てくる。

その手に握られているものを見て、アオイはギョッとした。

女は鈍く光る出刃包丁を握りしめていたのだ。

薄暗い屋内から、子供たちの泣き声が聞こえてくる。

「今日と言う今日は、堪忍袋の緒が切れた……コイツで切り刻んでやる!! この表六亭主!」

「やれるもんならやってみろってんだ! このデブオカメ!!」

「なんだって!? もう一遍、言ってみな!!」

「おう! 何度でも言ってやらあ!! この百貫オカメ!!」

夫の暴言に激怒した女が、丸太のような腕で亭主の襟《えり》をギリギリと締め上げる。亭主が堪らず断末魔の声を上げたところで、呆然と突っ立っていたアオイが、我に返った。

「やめてください!! 本当に死んでしまいますよ!?」

「止めないどくれ!! アンタにゃあ、関係ないだろ!?」

女が血走った眼でこちらを睨《にら》みつけてくる。

その勢いにもひるまず両者を引き離し、アオイが問いかける。「何をそんなに怒ってらっしゃるんですか?」

「このろくでなしが、稼ぎの全部を酒と博打《ばくち》に注ぎこんじまったのさ!! 米櫃《こめびつ》は空っぽ! 貯えもありゃあしない! このままじゃ、あっという間に一家で飢え死にだよ!!」

女房は一気にそう捲《まく》し立てると、亭主を放り出し、その場にうずくまってさめざめと泣き始めた。

かさついた唇の端からもれるそれは、ウオオオウオオオと、まるで獣の咆哮《ほうこう》だった。

「……お、お美津《みつ》」さすがに、亭主が女房を案じる顔になる。「す……すまねえ。堪忍してくれ」

この通りだ、と地面に頭をこすりつける。

そこに、長屋の中から幼い少女の手を引いた少年が出てきた。七つと五つぐらいだろうか？　少女は泣いており、兄は必死に涙を堪えていた。

母ちゃん、泣かないでと、懸命に母親を慰める。

「オレ、一生懸命働くから‼」

意志の強そうな少年のやさしい面立ちが、某隊士のそれと重なる。

「だから、泣かないで！　俺が大きくなったら、いっぱい働いて、偉くなって、きっと母ちゃんやみんなに楽させてやるから‼」

少年の健気《けなげ》な言葉に、アオイがカナヲにそっと目配せする。

だが、カナヲは気づかない。両目を細め、泣きじゃくる一家を見つめている。それは、ひどく遠い――二度と手に入ることのないものを見つめる時のような眼差しだった。

「カナヲ」

そっと声をかける。お米を、と言うと、カナヲはようやくアオイの意図に気づいたように小さく肯《うなず》いた。背負っていた米俵をすとんと下ろす。

「よろしければ、使ってください」

そうアオイが言うと、夫婦がびっくりしたように顔を上げた。

「これだけあれば、しばらくはもちます。お米なら、売ってお金にすることも出来ますし」

「⁉ 本当か、嬢ちゃん――いや、本当でございますか⁉ お嬢さん」

「でも、そんなわけには……」

「約束してください。そのお米を売ったお金は、酒や賭け事には決して使わない、と」

「へ、へえ‼ そらあ、もう！！！」

拝むような恰好《かっこう》で、亭主が請け合う。

「生まれ変わった気持ちで、一から出直します‼ 女房子供を苦しませるような真似《まね》は、金輪際《こんりんざい》いたしません‼」

「――では」

肯いて、アオイが踵《きびす》を返す。

そのまま路地を出ようとすると、

「なんだって、アンタら、見ず知らずの私たちなんかの為に……？」

女房の声が追ってきた。

アオイは少し迷った。なんと答えればいいのか、わからなかったのだ。

ただ、親思いの少年を助けてやりたかった。

貧しさの中にあっても、子供を売ることを微塵《みじん》も考えず、一家で飢え死ぬことを選ぶ母親を助けてやりたかった。

それだけだ……。

ただ、『助けてやる』というのは何か違う気がした。ひどく傲慢《ごうまん》な言い方に感じたのだ。

結局、何も告げず裏店を後にする。

――すると、

「お姉ちゃんたち、待って――――っ!!」


少年が妹の手を引いて追ってきた。

「ありがとう……ありがとうございます!!」

そう言って、少年は深々と頭を下げた。妹も兄を真似してペコリと頭を下げる。

「これ、とうちゃんの売り物だけど――」

少年が懐を探り、風車を差しだす。お礼にくれるということなのだろうが、アオイは一瞬、受け取ることを躊躇《ためら》ってしまった。

彼らの家の内情を考えれば、たかが風車一つと思えない。売れば、お金になる。

だが、アオイが躊躇していると、カナヲの手が少年から風車を受け取った。銅貨を投げたわけではない。

けれど、躊躇いのない極自然な動作だった。

カナヲが小さな声で、

「——ありがとう」

と言うと、少年はひどくうれしそうな顔で笑った。

心の底から晴れやかな笑顔だった。

「…………」

アオイが胸をつかれていると、少年は妹の手を引き、何度も礼を言いながら、父と母の元へ戻っていった。

残されたアオイがカナヲを見つめると、カナヲは手の中の風車にふっと息を吹きかけていた。赤い風車がくるくるまわる。

「……——どうして?」

と尋ねる。

どうして、そんなに素直に受け取れたの？

なんで、銅貨を投げなかったの……？

カナヲはしばらく、くるくるとまわる風車を見つめていたが、やがて、ポツリと言った。

「これは、あの子の……精一杯の気持ちだったから」

「!!」

「受け取らないと、あの子が傷つく……」

「………」

アオイは両目を瞠《みは》ったままカナヲを見つめた。

ひどく胸が詰まって、言葉が出てこなかった。

同時に、自分のどうしようもない愚かさが恥ずかしかった。

助けるという表現が傲慢だと言いながら、少年から礼を受け取ることを咄嗟に躊躇ってしまった。

胸の中に、彼らの貧しい境遇に対する同情があったゆえだろう。

だが、少年の礼を受け取らなければ、自分たちの行為は完全な〝施し〟になってしまう。

〝施し〟を甘んじて受け入れることを、少年はよしとしなかった。

それをカナヲはわかっていたからこそ、なんの躊躇いもなく受け取ったのだ。

（それに引きかえ、私は――――）

とんでもなく中途半端な偽善者だ。

アオイが自己嫌悪から項垂《うなだ》れていると、カナヲが『行こう』というように、身振りで促してきた。

アオイは悄然《しょうぜん》とカナヲに続いた。

蝶屋敷へ向かう道ではなかったが、もうどうでもよかった。

しばらくカナヲに従って歩くと、赤い野点傘《のだてがさ》が見えた。

茶屋だ、とぼんやり思う。

カナヲは茶屋の前でキョロキョロと誰かを探す仕草をすると、茶屋の主人とおぼしき老人に、何やら小声で尋ねていた。

「カンロジ？　ああ、蜜璃《みつり》ちゃんか。今日は来てねえなあ」

そう答えられ、ひどくがっかりしている。

（蜜璃ちゃん……？）

しのぶとも親交のある恋柱《こいばしら》・甘露寺《かんろじ》蜜璃のことだろう。

そう言えば、この近辺に蜜璃行きつけの茶屋があると聞いたことがある。なんでも、三色団子がとびきり美味《おい》しいのだそうだ。

（どうして、カナヲが恋柱様を……？　しのぶ様からの伝言でもあったのかしら？）

だから、薬種問屋から出てすぐに、ここへ向かったのだろうか——？

だが、そんな用事があれば、アオイにも知らされているはずだ。

そこまで考えたところで、

（あ……——）

と口元を手で覆う。

思い当ることなら、一つだけある。

「まさか、恋柱様にお金を借りるつもりだったの？」

「…………」

カナヲは少し躊躇った後で、小さく、うん、と言った。

「アオイが、困ってたから」

「…………」

「もしかしたら、と思って——全然、役に立てなかったけど」

「…………」

アオイの頬を生温かい雫《しずく》が伝った。

あれほど我慢していた涙が、ボロボロと零《こぼ》れていく。

びっくりした様子でアオイを見つめていたカナヲが、やがてオロオロとアオイの肩に手を伸ばしてきた。

「…………ありがと」

かすれた声でつぶやくと、胸の奥がふっと楽になった。

「今日一日、色々助けてくれて……音柱様に連れて行かれそうになった時、手を握ってくれて……離さないでいてくれて」

ありがとう、と言うとカナヲは困ったような顔で、少し照れたように下を向いてしまった。

ようやく伝えることができた。

そう思っていると、

「私一人だったら」

カナヲが小さくつぶやいた。

「力士の人が倒れた時も、夫婦喧嘩《げんか》の時も、どうすればいいかわからなかった」

「カナヲ……」

アオイが再び目を潤ませる。

「いつから……銅貨を投げなくても、決められるようになったの？」

そう尋ねると、カナヲはしばらく黙っていたが、

「炭治郎が――」

と思いがけない人の名をつぶやいた。

「言ってくれたの。心のままに生きろ、頑張れって……だから」

（——ああ……そうか）

カナヲの白い頰が赤く染まっているのを見て、アオイはひどく納得した。

アオイを根深い劣等感や罪悪感から解放してくれたように、その言葉がカナヲを変えたのだ。

あのお日さまのような少年の言葉が、人形のような少女を人間に変えたのだ——。

だから、今のカナヲは、こんなにもやわらかい、穏やかな表情が出来るのだろう。

「…………」

アオイは様々な想いを込めてカナヲを見つめた。

泣きたいくらいあたたかな気持ちと、少年の言葉が自分にだけ向けられたわけではないのだとわかったことへのかすかな淋《さび》しさ。そして、何か二人だけに通じる想いを共有したかのような、子供じみた喜びとが、綯《な》い交《ま》ぜになる——。

今まで一緒に暮らしながら、どこか遠くに感じていた少女が、ひどく身近に感じられた。

すぐそばに、カナヲがいる。

アオイが黙って少女の赤く染まった頰を見つめていると、

「——ホラよ。食べな」

と年老いた亭主がお茶と三色団子を持ってきてくれた。

二人の脇にある縁台にお盆ごと置いて、そのまま去ろうとしたので、

「え？　いえ……私たちは――」

持ち合わせがないのだと、正直に打ち明けると、老人は、

「金なんざ取らねえよ」

と言ってほろ苦く笑った。

「アンタら蜜璃ちゃんのお仲間なんだろ？　鬼殺隊だっけ？」

「？　え……あ、はい」

「俺の娘がよぉ、鬼に襲われた時、蜜璃ちゃんが助けてくれたんだ。言うなりゃあ、命の恩人だよ」

「…………」

「キツイ仕事だろうが、頑張ってくれよ。でも、無茶だけはすんなよ？」

そう言って店主は茶店の中に戻って行った。

「……――」

老店主の曲がった背中と、湯気の立ったお茶を交互に見つめる。

飾らない労りの言葉に、やさしい眼差《まなざ》しに、胸の奥がほんのりとあたたかい――。

昔の自分であれば、

『でしたら、私はそんなものをいただくわけにはいきません。私は戦いの場にすら行けぬ、腰抜けなので』

などと、卑屈なことを口にしただろう。

だが、今はそんな気持ちにはならなかった。

鬼殺隊の一隊士として、隊を理解し、感謝してくれている人がいることが、無性にうれしかった。

小さく鼻を啜《すす》ったアオイが、

「ありがたく食べよう？　カナヲ」

そう言って笑いかけると、カナヲもかすかに微笑んだ顔で、こくりと肯いた。

恋柱オススメの三色団子はさすがに美味しくて、少しだけしょっぱかった……。


茶屋を出ると、西の空が赤々と染まっていた。

カナヲと二人、連れ立って、暮れゆく町を歩く。

細長い影が二つ、足元から伸びている。

蝶屋敷に戻ったら、まず薬種を買うことが出来なかったことを詫《わ》び、明日一番で買いに来よう。そんなことを考えながら帰路に着く。

するると、町外れまできたところで、背後から誰かが駆け寄ってくる気配がした。

「ちょっと……アンタたち！　そう、アンタたちだよ‼　待っとくれえ‼」

「？」

振り返ると、薬種問屋の主人の萎びた茄子のような顔があった。

「ハァハァ……ああ、よかった」

と肩で息をしている。

主人の呼吸が落ちつくのを待った上で、

「？　どうかしたんですか？」

と、アオイが尋ねる。

主人はなんともバツの悪そうな笑みを浮かべ、

「昼間は本当に悪かったね」

そう言うと、先程、アオイが買おうとした薬種を包んだ風呂敷をわたしてくれた。

「払いは、いつでもいいよ」

「え？　でも……」

主人の急な心変わりに、アオイが眉をひそめる。カナヲも不思議そうな顔で主人を見つめていた。

どういう風の吹きまわしかと、喜びよりも訝《いぶか》しさが顔に出ていたのだろう――主人は気恥ずかしげに肩を竦《すく》めると、

「実はねえ――」

周囲をはばかるように声を落とした――。

✿

「つまり、大食い会で出会ったご隠居が、薬種問屋のご母堂様だったんですね？」

「はい」

本日のことを伝え終えたアオイにしのぶが面白そうに尋ねてくる。

アオイが首肯すると、

「そんなこともあるんですねえ」

と感心したように肯いた。

薬種問屋の隠居は、何度か店先でしのぶやカナヲ、あるいはアオイを見かけたことがあったそうだ。いくら洋装がそこまで珍しくなくなったとはいえ、鬼殺隊の隊服は特徴がある。そんなこともあり、印象に残ったのだろう。

店に帰って思い出したところに、倅《せがれ》から昼間の話を聞かされ激昂《げきこう》したのだという。

『あんな好い娘さんたちを手ぶらで追い返すなんて、お前の目は節穴《ふしあな》かい⁉　商いはねえ、利だけ追い求めりゃあいいいわけじゃないんだよ！　お前にもさんざ教えただろうが！　ほら、さっさと探してきな‼　この馬鹿息子っ！』

母親の鶴の一声で、店主は店を飛び出したそうだ。

「それどころか、知り合いの木綿《もめん》問屋に口を利いてくださって、そちらも後払いで買うことが出来たんです」

「あらあら」

よっぽど、ご母堂が怖いのですね、と笑った後で、

「お手柄でしたね。アオイ」

と褒める。

アオイは頭が振り切れるほど首を横に振った。冷や汗が吹き出してくる。

「と、とんでもありません！　もとはといえば、私がお財布を忘れたからで……カナヲがいてくれたから、なんとかなっただけで――」

「カナヲもそんなことを言っていましたよ」

「え……？」

「言いたいことはちゃんと言えましたか？」

「⁉」

驚いたアオイが顔を上げると、しのぶは眦《まなじり》をやさしくした。「――その様子だと、言えたようですね」

「……しのぶ様」

「悩むことは、決して無駄ではありません。心を鍛え、強くする為には必要なことです。――ですが、これだけはどうか、忘れないで欲しい。アオイもカナヲも、きよもすみもなほも、みんな私の大事な部下で、大切な家族なんです」

「……――」

上官のうつくしい笑顔に、アオイはその場に両手をつくと、深く頭を下げた。

もしかすると、しのぶはアオイの中にあるカナヲへの複雑な想いに気づいていて、二人だけで買い出しに行かせたのかもしれない。

様々な感情がわき上がってきて、胸がいっぱいになる。

アオイはしばらく頭を上げられずにいた……。


しのぶの部屋を出ると、外はすっかり暗くなっていた。

格子窓の障子越しに、淡い月灯《つきあか》りが差しこんでいる。

買ってきた薬種を棚にしまい、さらしを切って包帯を作っておかなければ……。そうだ、隊士用の寝間着や寝具も整えておこう。

善逸《ぜんいつ》が、伊之助《いのすけ》が、禰豆子《ねずこ》が、そして炭治郎が——命懸けで鬼と戦ってくれている隊士たちが、いつ怪我をして戻ってきてもいいように。

(私だって鬼殺隊の隊員なんだから)

ぐっと拳を握りしめる。

そんな風に思える自分に驚いた。こんな晴れやかな気分になれたのは、選別を生き残って以来、初めてかもしれない。

いつか、生き残ったことへの負い目を抱かず、胸を張って生きられるようになるだろうか。

自分を自分のまま好きになれるだろうか……?

きっと、大丈夫だと、言ってくれる声がした。誰の声なのか——炭治郎のような気もしたし、しのぶのような気もしたし、カナヲのような気もした。

そこに、自然とカナヲの名前が出たことに、アオイが小さく微笑む。

「アオイさぁーん。静養されている隊士さんが、包帯の固定について尋ねられていますが、どうしたらいいですかあ~⁉」

なほの困ったような声が聞こえてくる。

アオイは真顔に戻ると、「今、行きます」と応じ、駆けるように病室へと向かった。

第5話

中高一貫☆キメツ学園物語!!

中高一貫キメツ学園。

キメツ町の住民たちから愛される極平凡な学校だ。

とりわけ進学校でもなければ、不良校でもない。

けれど、たった一つ、普通と違うところがあった。

何故《なぜ》か、問題児ばかりが集まるのである。

✵

「風紀委員を辞《や》めたい?」

「……ああ」

昼休みの校舎裏で友に切実な思いを打ち明けた善逸《ぜんいつ》は、しょんぼりと肯《うなず》く。

今日も今日とて、この問題学園で朝の服装チェックを行った彼は、ボロ雑巾《ぞうきん》のようだった。

狼《おおかみ》ならぬ――猪《いのしし》に育てられた少年としてメディアを賑わせた嘴平伊之助《はしびらいのすけ》（シャツのボタン全開＆素足＆弁当以外の荷物無し）やら、バレー部部長の朱紗丸《すさまる》（常に鋼鉄の毬《まり》を所持）やら、最恐ギャルの梅《うめ》（不細工嫌い＆改造制服。しかも、エロイ）＆その兄（極度のシスコン＆ケンカが滅茶滅茶強い）やらに受けた理不尽な仕打ちで、身も心もズタボロである。

「もう、嫌なんだよ……もともと、やりたかったわけでもなくて、偶々《たまたま》学校を休んだ日に委員会決めがあっただけだし……」

ぐすりと善逸が鼻をすする。

「俺がこの学園の風紀委員なんて、所詮、ムリだったんだよ……」

炭治郎《たんじろう》が両の眉尻を思い切り下げた顔で、

「俺は、善逸は風紀委員に合ってると思うけど」

とフォローを入れる。

「なんだかんだで、やさしいし。ホラ、この父さんの形見のピアスだって、善逸がいたから見逃してもらえたわけだし――」

そんな心やさしい友を、しかし善逸はキッと睨《にら》んだ。

「じゃあ、お前、やれよ!?　俺の代わりに風紀委員やってくれよ!!」

「うーん……俺は、朝は実家の手伝いがあるし……」

炭治郎の実家は人気のパン屋で、毎朝、千個ほどのパンを焼くのだ。だが、彼はパンよりもご飯派で、毎日、純和風の朝ご飯を食べてくることはあまり知られていない。

余談だが、彼の妹・竈門禰豆子《かまどねずこ》は大層な美少女な上、常にフランスパンをくわえている為、

『竈門さんと曲がり角でぶつかれば、〝パンをくわえた美少女と曲がり角でぶつかる〟というまるで少女漫画みたいなシチュエーションが叶う……！』

とささやかれているが、未《いま》だ夢を叶えた者はいない。

彼女に熱烈な思慕を（一方的に）寄せ、登下校問わず、電柱の陰で見守っている某人物のせいである。普段はヘタレな彼が、こと竈門禰豆子に関することでは、鬼のような強さを発揮するのだ。

「なら、せめて、俺が風紀委員を無事に辞められるよう手伝えよ⁉」

「普通に冨岡《とみおか》先生に言うんじゃダメなのか？」

炭治郎の素朴な疑問に、善逸がこれ以上ないというほど嫌な顔をしてみせる。

「あの人が素直に聞いてくれるわけないじゃん！　俺が『辞めたい』って言おうとする度に、『髪を黒くして来いって言っただろうが』とか無茶苦茶なこと言って、ぶん殴ってくんだよ⁉　ほんと、なんなの？　あの人？」

風紀委員会の顧問を務める体育教師・冨岡義勇《ぎゆう》は、いつもむっつりと不機嫌で、しかも、口より先に手が出るため、炭治郎や極一部の生徒を除く、多くの生徒から畏《おそ》れられている。

彼への対策で開かれたＰＴＡ総会は数知れず、最早《もはや》、ペアレンツ・ティーチャー・アソシエーションではなく、ペアレンツ・トミオカ・アソシエーションと化しているとか……。

もっとも、多分に天然なところのある本人に、免職の危機感は薄い。

かつて、雨の日に拾った仔猫を飼っているという、意外に良い人なの？的な噂《うわさ》が流れたことがあるが、真偽のほどは定かではなく、イメージアップにも、然程《さほど》、繋《つな》がらなかった。

「それだって、冨岡先生を通さないわけには……」

「だ、か、ら、何度も言ってんだってば!!」

苛立《いらだ》った善逸が声を大きくする。

「何度も言ったんだけども、全然、話を聞いてくれないの!!　あの人！　話す度《たび》に、ぶん殴るの!!　話そうとしただけでも、ぶん殴るの！　ほんと、なんなの!?　あの人!!　なんで、あんなのが教師なの!?　冨オエェ」

「善逸!?」

遂《つい》に、冨岡の名前を口にするだけで、もどしそうになってしまった。最早、冨岡アレルギーである。

こんなにも己の心の闇は深かったのかと、善逸が愕然《がくぜん》としていると、さすがにことの深刻さを理解したのか、炭治郎が「――わかった」と肯いた。

「こういうのはどうだ？　善逸。冨岡先生の機嫌がいい時に、言いに行こう。俺もついて行くから」

「機嫌のいい時？　そんな時、あんの？」

給料日だろうか？

それとも、プレミアムフライデーだろうか？

はたまた、デートの約束のある日だろうか？（そもそも、相手がいるのか？）

どちらにせよ、機嫌のよい冨岡など想像できない。いや、想像したくない。

善逸が己の想像にブルブル震えていると、

「鮭大根だ」

炭治郎がきっぱりと告げた。

「は？」

「鮭大根が好きなんだ。冨岡先生は」

「何、それ？　どうして、そんなこと知ってんだよ？　お前。怖くない？」

「実は、俺がこの学園に入る前から、義勇さん——冨岡先生はうちの常連さんなんだ」

そんなわけで、常連さん同士の会話から偶々《たまたま》耳にしたそうだ。しかも、とある確実な筋からの情報によると——。

「鮭大根を食べた時にだけ、ちょっとだけ笑うらしい」

「キモッ!!　笑うの!?　あの人、笑うんだ!?」

「……いいか？　善逸」

大袈裟《おおげさ》に震えてみせる善逸に、炭治郎が辛抱強く告げる。「冨岡先生は毎日、学食の本日のお魚定食を食べる。そして、今日のメインは――」

「……まさか」

ようやく真面目な顔になった善逸が炭治郎を見つめる。友は力強く肯いてみせた。

「鮭大根だ」

「！　炭治郎おぉぉぉぉぉ！！！」

感極まった善逸がドヤ顔の炭治郎に抱きつく。滂沱《ぼうだ》の涙を流しつつ、

「さすがは心の友だ!!」

「痛い。善逸」

「そうと決まれば、早速、学食に行こうぜ！」

善逸が友を急《せ》き立《た》てた……。


意気揚々と学食へ向かうと、冨岡は窓際の席に一人で座っていた。手前のトレイには、本日のお魚定食がのっている。

二人の立っている位置は丁度、冨岡の斜め後ろなので、表情までは見えないが、きっと

見たことのないほど幸福そうな彼の顔があるはずだ。

炭治郎が無言でこくりと肯き、善逸もまた肯き返す。

冨岡のとなりまで歩み寄った善逸が、

「冨岡先生！　お話があります!!」

なんとかゲロを吐かないようにその名を呼ぶと、冨岡が振り返った。

「我妻《あがつま》……」

「俺、もう風紀委員を辞め――」

「お前はいつになったら、髪を黒くしてくるんだ!!」

善逸がみなまで告げる前に、かつてない速さの右ストレートが、善逸の頬へと決まった。

鮭大根の幸福感が微塵《みじん》も感じられないパンチだった。それどころか、怨念すら感じさせる表情で、

「風紀委員がそれでは示しがつかない。今すぐ、黒く染めて来い」

「…………」

冷徹な教師の言葉に、善逸が声もなくその場に崩れ落ちる。

（な、なんで……どうして…………だって、鮭大根の日は笑うんじゃ……？）

朦朧《もうろう》とする頭で自問する。

そんな彼の視界に、慌てて駆け寄ってくる友の姿と、冨岡の食べていたトレイが映った。

しかしながら、波の柄が描かれた瀬戸物の椀《わん》に入っているのは、鮭大根ではなく――。

（ま……まさかの、鰤《ぶり》大根…………）

そりゃねえよ、と胸の中に友への恨み事を遺《のこ》し、善逸は意識を失った……。

「本当にすまなかった!!　善逸。この通りだ！」

「……いや……しょうがねえよ」

放課後、保健室に迎えにきた炭治郎に深々と頭を下げられ、善逸はベッドの上で力なく頭を振った。

「鮭のいいのが入らなくて、急遽《きゆうきよ》、鰤に変えたとか、別にお前のせいじゃないし……どっちかっていうと、俺の運の悪さのせいだしさ……アハハハハ」

「善逸……」

遠い目で窓の外を見る善逸に、友が痛ましげに眉を寄せる。

そして、あえて明るい表情を作ると、

「なあ。善逸。あれから考えたんだけど」

「うん？」

「冨岡先生以外の先生に相談しないか？」

「と……う——あの人以外の先生って」

危うく吐きそうになった善逸が、慌てて言いかえる。「例えば？」

「うーん」

炭治郎が頭をひねらせる。

「美術の宇髄《うずい》先生とか？」

「却下!!　輩《やから》先生だけは却下!!　キライ！　俺、あの人すげぇキライ!!」

「じゃあ、響凱《きょうがい》先生。音楽の」

「響凱先生は、お前の顔見ただけで、気分悪くなっちゃうだろ!?」

「？」

自分が想像を絶する音痴だと露程《つゆほど》も知らない炭治郎は、不思議そうに小首を傾《かし》げると、
再びうーんと悩み、ぱっと表情を明るくした。

「そうだ！　煉獄《れんごく》先生だ！」

「！　それだ!!」

叫んだ善逸が保健室のベッドから飛び降りる。

「煉獄先生なら、冨――あの人にも負けないぐらいキャラが濃いからな！　わりと好《い》い人だし!!」

煉獄杏寿郎《きょうじゅろう》は、教育熱心で歴史愛、生徒愛にあふれた歴史教師だ。やや人の話を聞かないところはあるものの、生徒たちの人気は高い。キメツ学園好きな先生ランキングではぶっちぎりの一位だ。

その中には、『袖まくりしたワイシャツの下から伸びた筋肉質な腕がたまらない』『先生のネクタイを留《と》めるピンになりたい』『ずっと、強く若々しいままでいてほしい……』などというややマニアックな意見もあるとかないとか。

その好青年ぶりから、お見合い話を山のように持ちこまれ、断るのが大変だそうだ。

「でも、この時間、煉獄先生ってどこにいるんだろう？」

「教員室とかじゃないか？」

「――煉獄先生なら、図書室にいたぞ」

「!?」

いきなり、隣のベッドから声が聞こえてきて、善逸はその場で飛び上がりそうになった。

ベッドの間のカーテンが少しだけ開いて、男子生徒の不機嫌そうな顔が覗《のぞ》いた。

「あ……ど、どうも」と善逸がビビりつつ頭を下げる。

「すみません、うるさくしてしまって」炭治郎が生真面目《きまじめ》に謝る。だが、男子生徒の不機嫌な表情は変わらない。

「わかったなら、早く出て行け。俺は珠世《たまよ》先生のいらっしゃるこの保健室で、こうして一人、珠世先生の働く気配をカーテン越しに感じながら横になっている時間を邪魔されるのが、一番嫌いなんだ！」

憎々しげにそう言うと、シャッとカーテンを閉めた。

それと前後するように反対側のカーテンが開き、校医の珠世先生が顔を覗かせた。

「――あら、我妻君。目が覚めたのね。よかったわ」

「は、はい。お陰様で」

「顔色はそれほど悪くないけれど、無理をせず、あと三十分は横になっていきなさいね？」

珠世が慈しみ深い顔でやさしく微笑《ほほえ》む。

その途端、真っ白なカーテン越しに『早く帰れ』という怨念のようなものが伝わってきた。いっそ、殺意にも近いそれに、

「も、もう、すっかりよくなったんで帰ります！」

「ありがとうございました!!」

二人は慌てて礼を言うと、逃げるように保健室を飛び出した。

あれはきっと『保健室の主《ぬし》・愈史郎《ゆしろう》』だ。

なんでも、教室にいるよりも保健室にいる時間の方が圧倒的に長い彼は、たとえ重病人であろうとも、保健室に近づく人間を赦《ゆる》さないという。

彼が何年何組なのかも、何歳なのかも、本当にキメツ学園の生徒なのかも誰も知らない……。


二人が図書室の前に着くと、丁度、件《くだん》の教師が出てきたところだった。

「煉獄先生――」

「おお、どうした！　俺に用事か！　少年たち！」

人好きのする明るい笑顔で歴史教師が答える。

その腕には、『目指せ！お弁当男子』『激ウマ弁当３６５日』『子供がよろこぶ♥お弁当』という、なんとも突っこみにくい題名の書物が抱えられていた。

「…………（お前、聞けよ！）」

「…………（いや、ここは善逸だろ？）」

善逸と炭治郎が無言で互いを突っき合う。

しかし、二人の微妙な表情に煉獄が気づくことはない。決して無神経というわけではないのだろうが、細かいことが苦手というか、空気を読む方ではないのだ。

仕方なく、炭治郎が「──あの」と声を上げた。

「先生は確か、ご実家ですよね？　その……ご結婚は」

「ああ！　父上と母上と弟と住んでいる！　結婚はしていない！　それがどうした！　竈門少年！」

「……ご自分で、お弁当、作ってらっしゃるんですか？」

「ああ、これか」ようやく察しのいった煉獄が口元から真っ白な歯を覗かす。「最近、母上のお仕事がお忙しくてな」

代わりに、弟の弁当を作ってやろうと思ったのだと言う。

「母上ほど上手《うま》くは作れないだろうが、千寿郎《せんじゅろう》の喜ぶものを作ってやりたくてな」

蓋を開けてみればなんのことはない。むしろ、好感度だだ上がりの答えだった。しゃべる度に好感度がだだ下がっていく冨岡とは、えらい違いである。

「どうだ？　二人も作ってみるか？　よければ、これからうちへ来るといい！」

「い、いえ。俺たちは先生に相談があって――」

教師の気さくな誘いに、炭治郎が慌てて言う。

「なあ、善逸」

「あ、ああ。――そうなんです。実は冨岡先生のことで……」

「冨岡？　同僚の冨岡義勇のことか！」

「はい。実は、俺、風紀委員を辞めたいんですけど、冨岡先生が全然、話を聞いてくれなくて……」

善逸が先程の学食での一件を持ちだすと、

「むう」

といつになく難しい顔で聞いていた煉獄が、

「鮭大根もいいな！」

と朗らかな感想をもらした。「魚と野菜の組み合わせは身体《からだ》にいいし、何より大根が旬の季節だ。旬のものは身体にいい!!　栄養価が高いからな！」

「へ？」

「あ、あの……」

「二人とも、スーパーに寄ってからうちへ帰るぞ。いや、大根は八百屋《やおや》。鮭は魚屋の方がいいか!!」

「ですから、そうじゃなくて――」

「エプロンなら俺のを貸してやる。遠慮するな!!」

「違っ」

「先生、鮭大根はお弁当に向きませんよ？　上手く仕切らないと、ご飯がびしょびしょになってしまいます」

「!?　いや、お前も違うわ!!」

「そうか、ご飯も作らなければな！　メインばかりではバランスが悪い!!」

「炊き込みご飯はどうでしょう？」

「それはいいな！　よし!!　米屋にも寄ろう！」

「だから、違っ――」

「そう遠慮するな！　生徒とのコミュニケーションは教師の大切な役目だ！」

「だから、俺はただ単に、風紀委員を辞めたいだけなんだって!!」


　こうして、某教師以上に他人の話を聞かない歴史教師と、意外にアホな親友に翻弄され、善逸の放課後は更けていった……。

ムムム
ホカ
ホカ

「俺……煉獄先生が、あんなに他人《ひと》の話を聞かないとは思わなかったよ」

キメツ学園から程近い定食屋アオイで、口直しのアイスコーヒーと甘味を頼み、善逸はテーブルの上に突っ伏した。

挙句、なんでもそつなくこなすかと思えた煉獄が、まさかのメシマズ男であった。

その上、まったくもって悪気なく失敗を重ねていく為、怒るに怒れず、味見だけですっかり口の中がおかしくなってしまった。一度など、本気で死を覚悟する味だった。

鮭も大根もしばらくは見たくもない。

「しかも、やっと作り終わったと思ったら、先生のお父さんのやってる剣道教室でさんざ絞られるし……」

「まあまあ。千寿郎君もお父さんも喜んでくれたから、良かったじゃないか」

炭治郎が優等生然としたフォローを入れる。そんな友を善逸がうらめしげににらんだ。

「それより、俺の悩みはどーなんだよ!? なんも解決してねえわ!!」

「あ、それがあったんだな。すまない、忘れていた」

やはり忘れていたのだ。

「また、明日の朝から地獄だよ……はあ……どこかに逃げたい。冨――あの人のいない世界に行きたい」

アイスコーヒーと甘味がきた後も、善逸が延々と泣き言を零《こぼ》し、炭治郎が慰めていると、看板娘の神崎《かんざき》アオイが先輩の胡蝶《こちょう》しのぶと連れだって帰ってきた。

「あらあら、炭治郎君に善逸君も来てたんですね」

「いらっしゃいませ。今、お茶を入れ替えますね。しのぶ先輩もそちらに座っていてください。クリーム白玉餡蜜《あんみつ》でよろしいですか？」

「ええ。黒蜜多めで」

二年のアオイは華道部。三年のしのぶは薬学研究部とフェンシング部に掛け持ちで所属している。

どちらも整った顔立ちをしているが、特にしのぶは芸能事務所からの誘いが後を絶たないほどの美少女である。その上、成績は常に学年トップ。フェンシング部の大会でも優勝するなど、可愛いだけじゃない女子として、毎年ミスキメツの名をほしいままにしている。

一方で、怪しげな噂《うわさ》もあった。薬学研究部では無味無臭のヤバイお薬を作っているとか、教師たちの中でも彼女に頭の上がらない者が多数いるとか、その中にはあの冨岡すら含まれているとかいないとか……。

極一部でささやかれるあだ名は、毒姫。

だが、もちろん、善逸はその噂を真に受けたりはしていなかった。

理由は一つ、

（こんな、綺麗《きれい》な人が悪人のはずないよなあ……）

である。

「どうしたんですか？　浮かない顔して。私でよかったら、話してみてくれませんか？」

同じテーブルに座ったしのぶが、心配そうに尋ねてくる。

善逸の鼻の下がデレーッと伸びた。

こんなやさしい人がそんな恐ろしい人のはずがない。きっと、彼女の可愛さと才能を妬んだ者たちが流したデマだ。そうに違いない。

「実は――」

と、善逸が悩みを打ち明ける。しのぶはうんうんと親身になって聞いてくれた。そして、

「冨岡先生は善逸君に期待しているんだと思います」

「期待……？」

耳慣れない言葉に善逸が眉を寄せる。

しのぶはふんわりと微笑んだ。

「冨岡先生は、ああいう方ですから、何かと誤解されて生徒に嫌われることも多いですし、

風紀委員も人が居つかなくて……。でも、善逸君は冨岡先生にちゃんとついていっているでしょう？　本心では、うれしいんだと思いますよ」

「いや、別に、好きでついていってるわけじゃ……」

暴力という首輪で無理やり言うことをきかされているだけだ。

「前に、冨岡先生がポツリと言っていました。『我妻はよくやってる』って」

「あの……冨岡先生がですか？」

信じられない思いで善逸がしのぶを見つめる。

しのぶのうつくしさのせいか、しのぶの口から語られる別人のようにキレイな冨岡のせいか、その名を口にしても吐かずに済んだ。

「風紀委員は本当に大変なお仕事だと思います。でも、善逸君たちがいるから、この学園の平和が保たれているんです」

学園の女神がうつくしい両目を細める。

そして、善逸の手に自分の手をそっと重ねた。シャンプーの香りなのか、フレグランス的なものなのか、得も言われぬ良い匂いがした。

「頑張ってください、善逸君。一番応援してますよ」

「ハイッ!!!!!!!!!!!!!!!!」

しのぶに手をギュッと握られ、鼻血を出さんばかりに興奮した善逸が、

「この善逸におかませくださいな!!」

と請け合う。

心の中では、

(幸せ!! うわあああ幸せ!!)

と叫んで天高く舞い上がっていた。

そこへ、お茶のお代わりとクリーム白玉餡蜜を持ってやってきたアオイが、なんとも言えぬ顔でしのぶと善逸を見やり、小声で、

「……こんなことを言うのもなんなんですが……今月に入って、しのぶ先輩に一番応援されたた方は善逸さんで十三人目です。ですから、あまりまともに受け取らない方が身の為だと思いますけど——」

とささやいたが、もちろん善逸の耳には届いていない。

「よかったな、善逸。やっぱり、善逸は風紀委員に向いてるんだ。頑張れ」

とニコニコ笑う炭治郎にも、その声は届いていない。

アオイが『やれやれ……』というように嘆息する横で、

(よし、やってやる!! やってやるぞ!! 俺は、しのぶ先輩に一番応援された男なんだからな!!)

根が単純な善逸は、そう――熱く胸に誓うのだった。

✲

「冨岡先生!!」

翌朝、校門の前で服装チェックをしている冨岡の姿を見つけた善逸は、笑顔で駆け寄っていった。

今日もジャージ姿の冨岡は、首から指導用の笛を下げ、愛用の竹刀を手にしている。

「先生ッ!!　俺、今度の土曜に美容院の予約入れました！！！　黒髪に染めて、より一層、風紀委員の仕事を頑張ります！！！！　これからもご指導ご鞭撻《べんたつ》の程よろし――――」

生まれ変わったように両目を輝かせた善逸が、声高に宣言しかけた途端、

「うるさい！！！」

「!?」

冨岡からまさかの一撃を喰《く》らい、吹っ飛んだ。

「校内で大声を出すな」

「…………」

（何、この理不尽…………）

涙すら零《こぼ》れず、善逸がその場に崩れ落ちる。

そして、昼休み――。

「炭治郎おぉぉぉぉ!!!　俺、もう風紀委員辞めたい!!!!!　もう嫌だっ!!!
だって、冨オエェ」

「善逸……」

我妻善逸の悲痛な叫びが木霊《こだま》する。

――因みに、後日、

『貴重な人材の流出を止めてあげたんですから、来月からうちの部の体育館の使用割合を

上げてくださいね？　冨岡先生』
　と虫も殺さぬような顔で教師を脅す――もとい、お願いするしのぶの姿が目撃され、それを聞いた善逸が三日三晩寝こむことになるのだが、それはまた別のお話。

　今日も中高一貫キメツ学園は（一人を除いて）それなりに平和である。

あとがき

吾峠呼世晴

お疲れさまです、
先日メガネの試着をしていたら、
店員さんに、少し下げてかけるのがお洒落ですよ
と言われたので鼻の先まで下げたところ、
苦笑いで、限度があるんですけどね、
と言われた吾峠です。
小説楽しんでいただけましたでしょうか。
初めて小説の挿絵を描かせていただき、
作者はドキドキのわくわくでした。
楽しい気持ちで免疫力をアップし、
風邪などひかず、
元気もりもりで過ごしていただけたら幸いです。

あとがき

矢島綾

『鬼滅の刃』が好きです。本当に好きです。
ちょっとどうしようかと思うくらい好きです。
ホント、大好きなんです。
なので、ノベライズのお話をいただいた時には、
あまりの幸せに、心の中で『ギャ————ッ』と絶叫しました。
（もちろん、汚い高音です）
吾峠先生、週刊連載やアニメ化でお忙しい中、
丹念な原稿チェック、凄まじい破壊力を持った挿絵の数々、
素晴らしいとしか言いようのない表紙を、
本当に本当にありがとうございました。
慈悟郎師匠のお名前を教えていただいた時は、
幸福過ぎて、思わずパソコンの前に突っ伏しました。

先生の描かれる世界が大好きです。
圧倒的な不条理にも負けず、
心を折られても折られても常に前を向き、
ひたむきに頑張るみんなが大好きです……！

担当の六郷様＆中本様、
デビュー以来、育てて下さったJ-BOOKS編集部の皆々様、
ジャンプ担当の高野様、
校正を担当くださったナートの塩谷様、
この本に携わり、様々な面でご助力下さった多くの方々。
――そして、本書をお手に取って下さった皆様に、
心からの感謝を送りたいと思います。

共に、4月から始まるアニメを心待ちに、
益々加熱する本編を堪能しましょう！

■初出
鬼滅の刃　しあわせの花　書き下ろし

[鬼滅の刃] しあわせの花

2019年 2月 9日　第 1 刷発行
2020年 12月 13日　第 19 刷発行

著　者／吾峠呼世晴 ◉ 矢島綾

装　丁／阿部亮爾　松本由貴 [バナナグローブスタジオ]

担当編集／六郷祐介

編集協力／株式会社ナート　中本良之

編集人／千葉佳余

発行者／北畠輝幸

発行所／株式会社　集英社

〒101-8050　東京都千代田区一ツ橋 2-5-10
TEL　03-3230-6297（編集部）
03-3230-6080（読者係）
03-3230-6393（販売部・書店専用）

印刷所／図書印刷株式会社

Printed in Japan　　ISBN978-4-08-703473-8　C0093

検印廃止

JUMP j BOOKS：http://j-books.shueisha.co.jp/

本書のご意見・ご感想はこちらまで！

http://j-books.shueisha.co.jp/enquete/